Le chirurgien
et le marabout

Du même auteur

La Cuisine de vos artères (avec Bernard Pacaud), Albin Michel, 1994.

Ces histoires insolites qui ont fait la médecine (tome I), Plon, 2011.

Ces histoires insolites qui ont fait la médecine. Les transplantations (tome II), Plon, 2012.

Jean-Noël Fabiani

Le chirurgien et le marabout

PLON
www.plon.fr

ISBN : 978-2-259-22009-5

« La médecine humanitaire commence quand les médecins s'occupent de ce qui ne les regarde pas ! »

Bernard KOUCHNER

Avertissement de l'auteur

Si ce récit rapporte des faits réels, les noms et les situations ont été largement modifiés afin de préserver la confidentialité et le secret médical.

1

Paris. Automne 1968

Période de transition...

En mai, on avait fait la révolution. Mais les vacances étaient passées sur les envolées lyriques du printemps. La rentrée s'effectuait dans un train-train étonnant, comme si rien n'avait eu lieu, comme si tout avait été oublié. Le gouvernement se sentait renforcé, la bourgeoisie paraissait rassurée et les ouvriers avaient sagement regagné leurs usines après avoir obtenu des avantages qu'ils n'auraient jamais osé espérer...

Pendant l'été, on avait vu les chars soviétiques dans les rues de Prague mettre fin au printemps de Dubček. Le communisme revenait ainsi à nos mémoires dans tout son impérialisme et sa brutalité et chamboulait pour beaucoup des agitateurs du Quartier latin la vision séductrice romantico-révolutionnaire des partisans du Che ou de Mao.

J'arpentais de nouveau ce qu'il restait des pavés du Boul'Mich...

Les arbres demeuraient vaillants en ce début d'automne, feuilles encore en bataille, mais à leurs pieds les grilles de fonte protectrices avaient disparu.

L'air léger de ce Paris de septembre portait une mélodie étrange qui laissait penser, contre toute attente, que quelque chose d'inattendu se préparait en sous-main. Etaient-ce ces petits changements s'exprimant insidieusement au détour des rues qui en donnaient l'illusion ? Etaient-ce les jupes des femmes qui s'étaient allongées ? Ou la façon dont les gens s'envisageaient qui semblait différente dans les rues du Quartier latin ?

Pourtant, la majorité victorieuse ne semblait pas exploiter son succès. La classe politique restait morose et sceptique à l'image de son vieux chef, perdu dans ses rêves. A l'université, qui préparait sa rentrée après sa remise en ordre, le malaise était beaucoup plus profond qu'il n'y paraissait encore. Même les adversaires de la « révolution » avaient changé, et ce d'une façon d'autant plus pernicieuse qu'ils ne s'en étaient pas rendu compte !

Evidemment, en descendant ce matin la rue de l'Ecole-de-Médecine redevenue si calme, tout me prouvait que la phase de subversion violente était enterrée. Mais il me parvenait par de multiples petits signes que du mois de mai, pulvérisé le 30 par le raz-de-marée des Champs-Elysées, couvaient des braises encore chaudes...

*

La rentrée à Nanterre avait pourtant été difficile. Retrouver la faculté banlieusarde dont les locaux avaient été repeints à la va-vite ressemblait à ces lendemains de fête, quand les enfants retrouvent leur sapin mais que les bougies sont depuis longtemps soufflées et les cadeaux déflorés. En fait, le mouvement du 22 Mars était déjà bien mort en juin quand quelques meneurs avaient tenté d'organiser une manifestation au Luxembourg et qu'ils s'étaient retrouvés à quarante, un peu perdus, éberlués d'être capables de se compter si facilement, déjà prisonniers d'une atmosphère du genre « ancien combattant ».

Tout ce que l'on abhorrait !

Certains n'avaient pas supporté...

Mais les autres avaient (au moins) décidé de finir en beauté, de pousser leur chant du cygne, de s'immoler avec panache... En se sublimant dans une fête débridée, relocalisée pour l'occasion au sein des locaux de la faculté de Nanterre, avec parodie des charges de CRS, le mime des jets de pavés et le happening des barricades...

Ridicule et pathétique !

*

Pour les étudiants en médecine dont j'étais, les examens s'étaient finalement déroulés sans embûches puisque tout le monde ou presque (les absents, peut-être ?) avait été reçu. Le prochain obstacle, c'était l'internat des hôpitaux, indispensable à décrocher, d'autant que l'externat qui nous avait bien motivés jusqu'alors venait d'être aboli sur l'autel des réformes...

Nous allions tous reprendre le chemin de nos facultés et nous laisser de nouveau ronger par l'accumulation insipide des connaissances livresques qu'elles nous proposaient. Nous n'avions rien vu venir des événements du printemps, avions participé avec retard et beaucoup (trop) de sérieux au mouvement étudiant, nous étions prêts à nous fondre dans le nihilisme de la loi d'orientation pondue en un tournemain par Edgar Faure.

Pas très glorieux, les médecins.

Pourtant un autre événement avait eu lieu pendant l'été qui allait prendre une importance que bien peu étaient prêts à imaginer. Il ne s'était pas déroulé en France et n'avait rien à voir en apparence avec la révolution étudiante ou les chars russes en Tchécoslovaquie. Décidément, peu de choses de cette révolution semblait s'exprimer clairement, que ce soit au Quartier latin ou encore moins... au Biafra !

En effet, sur les écrans noir et blanc de la télévision étaient apparues les silhouettes aux ventres bombés et aux membres décharnés des enfants du Biafra. Ces yeux grands ouverts des enfants ibos sur l'horreur de cette terrible guerre qui empêtrait le Nigeria ne pouvaient que mobiliser ceux qui se refusaient à accepter l'injustice.

Empêcher au moins la famine, si cela était possible !

Ce n'était pas parce qu'on se relevait de la claque d'une révolution ratée qu'on allait rester incapable de bouger devant cette agression de l'esprit ! Pour certains en tout cas. D'autant qu'on se trouvait désœuvré et parfois déçu par quelque chose qui aurait dû mais ne s'était pas passé. Un souffle puissant qu'on avait perçu un instant et qui se serait égaré sous terre au détour d'une queue de manifestation !

Max Récamier et quelques autres furent de ceux-là. Le scandale était à nos portes : il réclamait l'action ou tout au moins une réaction. Il fallait soigner, nourrir, soulager ! Mais comment faire ? Récamier prit contact avec la Croix-Rouge française. Mais pas question d'intervenir dans le conflit interne d'un Etat souverain sans en être officiellement prié !

Neutralité oblige...

Par un étrange raccourci de l'histoire, celui qui dénoua le problème et permit finalement l'intervention de la Croix-Rouge au Biafra fut... le général de Gaulle. On ne pouvait certes pas douter de sa sympathie pour les causes indépendantistes, et Récamier fit jouer cette fibre par toutes les ficelles de ses réseaux afin de peser sur les pusillanimités de l'organisation internationale et lui forcer la main pour déclencher une intervention. De Gaulle prit position... à la de Gaulle : en suscitant « un acte diplomatique inédit. Malgré le dogme de l'intangibilité des frontières, la France interviendra sur le territoire d'un des géants de l'Afrique de l'Ouest ».

Récamier triomphant fut chargé de recruter des volontaires français. L'un des premiers à répondre fut Bernard Kouchner qui sortait du comité de grève des étudiants en médecine et qui avait coordonné, avec bien du mal, la rédaction du *Livre blanc des études médicales*. Il restait encore groggy de tant d'espoirs évoqués et de tant de désillusions aussi rapides. L'homme était sincère dans son engagement, mais il avait compris immédiatement qu'une voie royale s'ouvrait à lui.

A l'instar de Cohn-Bendit, il avait le sens des médias. De cette nouvelle forme d'action, il fallait utiliser la caisse de résonance. Il fallait clamer son indignation devant cette politique du gouvernement biafrais qui choisissait d'affamer délibérément une population civile.

« Plus nous ferons de bruit, plus on nous entendra », clamait-il.

Il n'hésitait pas au passage à hurler au « génocide » alors que d'autres n'y voyait « qu'une » guerre de sécession provoquant la famine des plus démunis. La Croix-Rouge, dont les principes avaient été violés par le Général, avait donné l'ordre aux équipes de se retirer face à l'ampleur des combats.

Refus de la bande à Récamier...

« On reste pour soigner et témoigner, le monde doit savoir ce qui se passe au Nigeria ! »

On était dans l'impasse, l'organisation internationale entendait rester fidèle à son grand principe :

« Plus nous serons discrets, plus on nous entendra. Pas d'ingérence, surtout dans les affaires internes des Etats... »

Pour Kouchner en particulier, les choses ne pouvaient plus durer ainsi ; après cette première mission, il faudrait tout revoir et s'organiser. Il savait qu'avec Récamier, maintenant, c'était du solide. Il pourrait compter sur lui et sur quelques autres...

Ainsi, insidieusement, l'esprit de Mai 68 se poursuivait-il en sous-main et, dès le mois d'août, sous la férule inattendue du général de Gaulle, se construisait ce qui allait devenir l'espoir de nombreux médecins français et nous entraînerait un jour à devenir des *French doctors* !

2

« La réponse à ceux qui doutaient de vous »

Ce fut le 22 décembre 1971, juste avant les fêtes de Noël, que se produisit l'événement... La réunion se tint autour d'une table ovale dans les locaux du journal *Tonus*.

Tonus, avec des gens comme Raymond Borel et Philippe Bernier, était alors à la pointe de la communication médicale du moment et avait des ambitions pour créer un grand hebdomadaire à l'intention des médecins, voire un quotidien. Le journal avait déjà la cote chez les hospitaliers, car il avait équipé les salles de garde de postes de télévision et passait des informations mensuelles avec des vidéos coquines et, bien sûr, un peu de publicité. Mais le propos du jour était de se réunir pour lancer un appel aux médecins, lecteurs de *Tonus* ou non, afin de porter secours aux victimes des inondations du Pakistan oriental...

Autour de la table on pouvait reconnaître Marcel Delcourt, Max Récamier, Xavier Emmanuelli, Jacques Bérès et, bien sûr, Bernard Kouchner. Eux, on les connaissait, c'étaient les médecins, les confrères. Les autres, c'étaient les journalistes, ceux qui les avaient invités...

En fait, Borel avait fondé un groupe, le Secours médical français, et se chargeait grâce au journal *Tonus* dont il était le rédacteur en chef de trouver des médecins et de rassembler les moyens pour intervenir en cas de catastrophe[1]. Humaniste, il pensait que son idée devait faire tache d'huile... C'est ainsi qu'il avait convié les « biafrais » à cette réunion, car il avait appris qu'ils s'étaient constitués en « groupe médical et chirurgical de secours et d'intervention ». Leurs moyens étaient inexistants, mais ils compensaient par une forte idéologie, des engagements politiques réels, bien qu'ils ne pussent se retrouver ensemble que sous couvert de neutralité et qu'ils eussent la certitude qu'une de leurs missions, après les soins bien entendu, était le devoir de témoignage en cas de conflits.

Pour le moment, le sujet urgent était de partir pour porter secours aux Pakistanais. Au journal, on allait en parler, on allait faire un coup, ou tout

1. Ils étaient intervenus en 1970 lors du cyclone de Bhola.

au moins le marquer. Sur la table, il y avait surtout des cendriers et des verres de whisky. La discussion commençait à s'échauffer. Quoi faire : on savait ; comment : c'était plus difficile ; pour quoi faire : ça devenait explosif !

Il fallait donc créer une association, du genre loi de 1901, une organisation non gouvernementale qui serait plus souple que la Croix-Rouge et ses positions hiératiques. Max Récamier se souvenait des difficultés qu'il avait rencontrées pour l'affaire du Biafra... Quel nom donner à ce mouvement, à cette association ?

« Ce sera : Médecins sans frontières ! »

L'idée de génie qui venait de sortir était de Philippe Bernier, rédacteur du journal.

On échappait à « Secours médical français » (SMF), « Urgences internationales » et autres « Médecins du monde »... Le titre de *Tonus* du 3 janvier 1972, avec en première page la photo des participants, allait être :

« La réponse à ceux qui doutaient de vous ! »

Médecins sans frontières et les *French doctors* étaient nés.

Pour le reste, on était pour le moins partagé. En fait, autour de cette table de gens polis et cravatés, les deux clans initiaux restaient bien séparés entre « tonusiens » et « biafrais ». Il était facile de reprocher aux uns leur côté « pépère » et aux autres leur côté « têtes brûlées ». Dans le premier camp, on trouvait notamment le président de l'association, Marcel Delcourt, gaulliste bon teint, rappelant à tout bout de champ que c'était grâce au Général qu'on avait pu réussir l'action au Biafra. Dans le second, les deux « historiques » du mouvement, Pascal Grellety-Bosviel et Max Récamier, issus de la gauche chrétienne, et leur cadet Bernard Kouchner, qui avait été président de l'Union des étudiants communistes et leader de la grève des étudiants en médecine en 1968.

« Il faut faire tomber tous les barrages, toutes les frontières qui se dressent entre ceux qui ont la vocation et la volonté de soigner, et les victimes de la barbarie humaine ou des folies de la nature. C'est cela, notre mission, et nous devrons en témoigner devant la face du monde », clamait Kouchner dans une de ces belles envolées lyriques dont il avait le secret !

« Nous serons quelques centaines d'hommes et de femmes de cœur décidés à apaiser la souffrance et le désespoir partout dans le monde, que nous soyons appelés ou non », disait Borel.

Après une journée entière de discussions, les participants réussirent à accoucher d'un texte qui allait servir d'objet à la nouvelle association : « Réunir, sans discrimination et sans exclusive, tous les médecins et corps de santé volontaires, pour apporter leur assistance aux populations éprouvées par des cataclysmes, des accidents collectifs ou des situations de belligérance. » Pour ce faire, elle « se mettra à disposition des organismes internationaux, des gouvernements ou autorités constituées des pays en question, ainsi que des organisations publiques et privées qui, dans ces mêmes pays, lui font appel ». Ce qui ne l'empêchera évidemment pas « de prendre l'initiative d'envoyer des équipes de secours d'urgence aux populations éprouvées ».

Cette nouvelle association allait certes servir de point de départ à une action humanitaire et caritative, mais, contrairement aux « tonusiens », idéalistes et presque boy-scouts, ils étaient quelques-uns, avec Kouchner, qui avaient une conscience politique, déjà affichée au cours des événements de Mai 68, et cherchaient ce nouveau prétexte pour pouvoir l'exprimer. Si l'indépendance de Médecins sans frontières ne devait être mise en cause par personne, le principe d'ingérence dans les affaires de ceux qui provoquaient guerres et famines ne faisait pas de doute pour certains, quels que fussent les régimes politiques en cause.

L'avenir allait se révéler plus complexe, et les destins inattendus...

3

Départ pour la Haute-Volta

Il était 6 h 30 lorsque le Boeing 707 d'Air Afrique se posa à l'aéroport de Ouagadougou, ce matin du 1er novembre 197... Le soleil pointait déjà, irradiant le ciel plombé, et l'air était chaud, comme si la nuit n'avait pu apporter aucune fraîcheur.

J'avais pris une disponibilité pour le début de mon internat en chirurgie cardiaque et j'avais décidé de partir pour l'Afrique...

*

Les débuts de Médecins sans frontières étaient restés inconnus de la grande presse. Le journal *Tonus* n'étant reçu que par les médecins – et encore, pas de tous ! –, Kouchner avait provoqué une première réunion de groupe à Royaumont en 1971. Ils ne s'étaient comptés que dix-sept! Quant au contenu de l'action future, rien n'était plus embrouillé. Une bande de rêveurs éveillés, discutant férocement de projets sans queue ni tête! Depuis deux ans maintenant qu'on agitait des foules d'idées dans les salles de réunion, je pensais, avec mon ami Alain Deloche, qu'il était temps de les exprimer sur le terrain... Médecins sans frontières ou pas!

Surtout ne pas recommencer comme en 68 : des mots, des idées, des livres blancs, mais aucune action en profondeur et encore moins de révolution ou de prise de pouvoir! Un échec sur toute la ligne...

Du moins en apparence...

J'étais, comme beaucoup d'entre nous, tombé sous le charme irrésistible de Bernard Kouchner. Je ne partageais pourtant pas ses opinions politiques et trouvais franchement agaçantes ses analyses qui sentaient encore le marxisme idéalisé des jeunesses communistes. Il était mon aîné de quelques années, son abord était facile et amical, parler médecine avec lui à l'hôpital était simple... Il n'était pourtant pas un collègue comme les autres. On comprenait rapidement qu'il ne respirait pas tout à fait le même oxygène que nous. Surtout lorsqu'il se lançait, avec sa fougue coutumière et son physique de boy-scout à la Pierre Joubert, dans une analyse sociale, médicale et politique de certaines régions de la planète, dont j'ignorais personnellement jusqu'à l'existence !

Brillantissime et enthousiasmant !

Il nous coupait la chique par ses connaissances du monde, ses visions politiques, ses analyses à l'emporte-pièce ! Nous étions des nains. Les études de médecine n'avaient pas porté la majorité d'entre nous vers ce type de réflexions cosmogéniques !

Il me fallait donc partir. Mon caractère pratique de chirurgien ne pouvait se contenter des dissertations devant une carte de géographie. J'avais déjà failli accompagner Jacques Bérès, qui était mon chef de clinique à l'hôpital Boucicaut, dans une mission dans les montagnes du Pakistan. Mais elle avait été annulée : conditions trop dures en hiver dans ces chaînes qui servaient de contrefort à l'Himalaya. En fait d'équipements spéciaux, nous n'avions que nos anoraks et nos bottes après-ski... Il faut dire qu'à l'époque la partie logistique de Médecins sans frontières restait particulièrement sommaire. C'était surtout le royaume du système D et de l'opportunisme !

Curieusement, ce fut une organisation caritative déjà relativement ancienne, Frères des hommes[1],

1. Créée en 1965 par Armand Marquiset, fondateur des Petits frères des pauvres, le jour où il découvre l'infini dénuement de Calcutta. Il ouvre alors avec des volontaires un premier centre

qui m'en fournit l'occasion... Le bureau de Genève menait une opération dans un hôpital de la Haute-Volta et avait le besoin urgent d'un chirurgien...

*

« On viendra vous attendre pour vous conduire à l'hôpital, m'avait dit le responsable de Frères des hommes à Paris. Vous verrez, votre mission sera simple : vous assurerez la permanence chirurgicale de l'hôpital de Fada N'Gourma en Haute-Volta en plein Sahel. Il y a tout le matériel nécessaire sur place, le chirurgien que vous remplacez a beaucoup d'expérience de la médecine en brousse, il vous mettra au courant. Je vous préviens que le but de notre organisation n'est pas médical. Nous cherchons plutôt des partenariats de longue durée avec les pays du Sud pour les aider à développer leur agriculture. Mais, à Fada, nous avons reçu en héritage la gestion de cet

---

Frères des hommes en Inde. Investie aux quatre coins du monde, l'association compte en cinq ans plus de cent volontaires. A la fin des années 1970, elle a renforcé son expérience. De cette maturité naît une volonté nouvelle : ne plus travailler isolée mais s'associer à des initiatives locales. L'assistanat des premières années fait place à une réelle démarche de partenariat. C'est ainsi qu'elle se trouve en charge de présider à la destinée et surtout au fonctionnement de l'hôpital de Fada N'Gourma en Haute-Volta.

hôpital. Il nous sert de phare pour attirer les paysans et les convaincre de changer leurs habitudes ancestrales... Vous, ce n'est pas votre problème. »

Le ton était doux et onctueux comme une prose d'archevêque. Pas franchement chaleureux cependant. Il marqua une pause, soupira profondément et reprit :

« Je vous trouve bien jeune pour une telle responsabilité. Je suis clair avec vous : je ne vous aurais pas pris dans des circonstances normales. Mais nous n'avons trouvé personne pour les prochains mois. On a eu votre nom par Médecins sans frontières. Alors nécessité fait loi ! »

Agréable contact et tellement rassurant !

Déjà qu'au fond de moi-même je ne me sentais pas tellement fier... Je n'étais pas loin de partager son opinion. Alain Deloche, qui était plus vieux que moi, déjà chef de clinique des hôpitaux, avait été contacté auparavant et n'avait pas pu partir. Ce voyou m'avait en douce refilé le bébé en vantant mes talents, ça l'arrangeait et le dédouanait de son manquement.

« Je viens te remplacer dès que je peux ! » m'avait-il assuré.

Je tentai de me ressaisir pour me donner un brin de courage : puisque j'étais seul, il faudrait bien que tous fassent avec mon inexpérience.

Quant à la jeunesse, je savais bien qu'un jour elle finirait par me passer !

*

Le comité d'accueil se faisait attendre et, assis sur mes valises bourrées de livres de technique chirurgicale et de pathologie tropicale, je transpirais déjà sous le panneau « Arrivée » de l'aéroport depuis deux bonnes heures quand ils arrivèrent tranquillement :

« Nous avons eu une panne à cent kilomètres d'ici, dit le premier d'entre eux en éclatant d'un grand rire pour se faire pardonner. Je m'appelle Tenkodogo, je suis ton anesthésiste, et voici Félix, l'infirmier-major... »

Ils étaient tous les deux très grands et très minces, riant comme deux enfants à la moindre occasion. Ils prirent mes bagages sur leurs épaules comme s'il s'était agi de ballots de paille (ce qui était loin d'être le cas du fait des kilos de science que j'y avais entassés !) et m'entraînèrent jusqu'à la Peugeot. On disait la « Pigeot », plutôt que la voiture. C'était une vieille 403 familiale, rafistolée à n'en plus finir, dont le moteur avait déjà fait trois fois le tour du compteur, ce qui rendait l'excuse de la panne assez plausible. « Il n'y a que ça qui marche ici ! », me précisèrent-ils en voyant mon air dubitatif devant la peinture écaillée et la poussière rouge infiltrant tout l'intérieur de l'habitacle.

« Allez, en route ! »

Il n'y avait pour aller jusqu'à Fada que cinquante kilomètres de goudron ; on passait ensuite sur la piste en latérite, formant par quelque aberration de la nature l'aspect de tôle ondulée ou « fesh-fesh ». Sur ces pistes, il n'était pas possible de rouler à une autre vitesse que quatre-vingts kilomètres à l'heure ; plus lentement on était secoué comme un prunier lorrain, plus vite on conduisait sur l'équivalent d'une route verglacée.

Heureusement, l'air ventilait la voiture car la température extérieure montait rapidement.

Derrière nous se levait un nuage de poussière rouge masquant tout.

A travers la vitre avant, je voyais défiler le paysage monotone de l'immense pénéplaine ocre où s'incrustait la piste en latérite. Sur les côtés, quelques collines sans vraie noblesse, rescapées sans doute d'un vieux plissement précambrien, dont le sommet s'agrémentait de façon presque ridicule d'une touffe de buissons épineux. Je découvrais ce Sahel qu'on m'avait tant décrit à Paris. Cette terre d'aridité ocre, qui ignorait la forêt, dont les quelques rivières minables ne pouvaient exister que quelques mois dans l'année. Je découvrais cette terre sèche qu'égratignaient des paysans décharnés avec leurs instruments de fortune. Je subissais déjà ce ciel plombé sans nuage qui formait comme le couvercle brûlant d'un espace infini où l'air lui-même semblait pesant.

Nous fîmes halte dans un village après deux heures de route environ. C'était le jour du marché. Sous un soleil de plomb, les marchands étalaient des produits plus ou moins périssables. Félix se dirigea d'un pas décidé vers un vendeur de brochettes où quelques morceaux de viande sanguinolents s'enfilaient sur une coupée de bambou. On discuta un moment, on chassa les mouches qui s'acharnaient sur les quartiers de viande et on grilla tout cela sur les braises. Il fallut manger, sans faire trop mauvaise figure, cette viande qui ne rappelait rien de connu et dont le goût fort évoquait les bêtes les plus sauvages.

*

L'hôpital de Fada N'Gourma était un exemple typique de ce qu'à l'époque on nommait « la coopération entre l'Europe et les pays sous-développés d'Afrique ». Belle construction pavillonnaire d'une centaine de lits, bien pensée, vaste et simple à la fois, comportant tous les raffinements d'un hôpital moderne : des laboratoires à la radiologie, en passant par des blocs opératoires bien équipés. Rien n'avait été oublié, sauf les moyens pour le faire fonctionner ! Aucun gestionnaire, aucun médecin qualifié, aucune infirmière n'avait été prévu pour s'occuper d'un territoire sanitaire vaste comme le quart de la France. Les trois médecins voltaïques diplômés formés en France devaient exercer respectivement les postes de ministre de la Santé, de directeur de la Santé et d'inspecteur général de la Santé, et se trouvaient à l'évidence beaucoup trop occupés pour approcher les malades. Frères des hommes, aux motivations encore balbutiantes, comblait donc le vide en proposant les services d'une équipe complète ayant en charge le fonctionnement de cet hôpital. Ils l'avaient fait plus pour prendre pied sur le terrain, comme me l'avait expliqué le « grand frère » de Paris (c'est ainsi que je le nommais). En fait, leur vrai désir était une action en profondeur pour l'agriculture, l'irrigation, etc. Il était agréable, quand on y réfléchissait un peu, d'être considéré comme les faire-valoir des ingénieurs agronomes. Mais chacun sa place sur cette basse terre !

Le premier à m'accueillir dans l'hôpital fut le médecin chef du centre. Il était suisse, venu à titre bénévole avec sa femme, elle-même gynécologue-accoucheur, et leurs deux jeunes enfants.

« Salut, je m'appelle Benjamin. On t'attendait avec impatience parce que Paul, ton prédécesseur, commençait à fatiguer... »

Il avait l'accent traînant de ses montagnes et le sourire enfantin des « mangeurs de muesli ».

« Il faut dire que vous, les chirurgiens, vous n'êtes pas à la fête. Toujours des urgences ! Vous êtes seuls et vous avez du mal à récupérer. Mais ne t'en fais pas : si tu fatigues trop, je viendrai te tenir les pelles ! »

Et il partit, lui aussi, d'un formidable éclat de rire, en évoquant ces séances où il tenait les maudites « pelles », ces écarteurs, qu'il faut bien tirer d'une main ferme pour récliner les viscères abdominaux pendant que le chirurgien opère. Il me présenta l'équipe :

« Voici Henri, qui est chargé de la gestion de l'hôpital, Isabelle, mon épouse, qui fait fonctionner la salle de travail et, *last but not least*, Béatrice, notre pharmacienne. Quant à Daniel, chargé des vaccinations en brousse, il est parti plusieurs semaines dans la Land Rover et n'est pas là aujourd'hui. »

Je dévisageais leurs sourires. Celui d'Isabelle, la parfaite épouse, la petite Vaudoise qui avait quitté ses montagnes pour suivre son aventurier de mari chez « les sauvages d'Afrique »... Celui de Béatrice, la femme libre, superbe pharmacienne blonde aux formes généreuses, qui venait d'arriver pour prendre ses fonctions, après avoir choisi de s'y rendre, seule, en auto-stop à travers le Sahara (!)... Celui d'Henri, dont le nom de famille était celui d'une fameuse marque de liqueur française, élève d'une école de commerce renommée, il effectuait son stage de fin d'études dans cette action humanitaire. Grand mystique, il s'enfermait tous les soirs plusieurs heures dans son bungalow pour pleurer en écoutant les *Suites pour violoncelle* de Bach.

Alors, s'extirpant manifestement du bloc opératoire, Paul, celui que je devais remplacer, s'effondra dans un fauteuil sous le gros baobab et réclama en hennissant une bière bien frappée. C'était un homme de la cinquantaine, un peu rondouillard, dont le crâne chauve était la proie des attaques féroces du soleil tropical. De son visage jovial, creusé par des rides expressives, émanait une détermination et une assurance tranquilles.

« Toi, on peut dire que je t'attendais... ! J'en ai vraiment ma claque de ces missions humanitaires. Il me faut six mois sur la Côte pour écluser trois mois ici... Allez, ne pâlis pas, collègue, et prends plutôt une petite mousse... »

Je me laissai tomber dans le fauteuil qui lui faisait face et vidai le verre sale de bière sans saveur que le *boy* me proposait. Paul était ancien médecin militaire, doué d'une expérience chirurgicale considérable et particulièrement de la chirurgie africaine, qu'il avait exercée pendant une dizaine d'années avant de revenir dans un hôpital d'instruction des armées de métropole. Tout ce que je n'avais pas. Nous devions nous chevaucher pendant deux jours, histoire qu'il me passe son « testament », c'est-à-dire qu'il m'informe de tous les cas et des problèmes en cours ; c'était un peu juste pour me mettre à son niveau.

« Dès demain, c'est toi le patron, je te passe les rênes », ajouta-t-il.

Je perçus qu'en devinant ma jeunesse dans le métier et mon inexpérience il tentait, par une assurance feinte, de minimiser les difficultés pour me donner du courage.

*

L'épreuve du feu ne tarda pas. Dans la soirée, juste avant l'heure du dîner, les infirmiers vinrent nous annoncer une urgence :

« Il a pris un grand coup de pied au milieu du ventre ! », résumèrent-ils de façon laconique.

L'homme, encore jeune, était allongé sur un brancard, l'abdomen tendu et légèrement proéminent.

« Il vient de Moussoukro », précisa Félix.

Moussoukro était à environ vingt kilomètres de brousse et l'homme avait dû marcher jusqu'à l'hôpital. Il ne se plaignait pas, ne gémissait pas lorsqu'on lui palpait le ventre. Il montrait l'impact du coup au niveau de l'ombilic en expliquant les circonstances dans sa langue, dont je ne saisissais que les sons gutturaux et les syllabes pressées. La numération sanguine, que Béatrice la pharmacienne avait déjà faite, montrait une franche déglobulisation, comme s'il avait abondamment saigné à l'intérieur du ventre.

« Fais attention, me dit Paul, ils ont tous le palu dans le coin, et leur numération de base est déjà franchement anémique. Mais celui-ci a certainement beaucoup saigné. »

Après un silence, il ajouta :

« Ils ont dû lui péter la rate... »

Je n'osais pas trop discuter avec mon aîné, mais je me demandais bien comment un coup au milieu du ventre pouvait traumatiser la rate qui est normalement située sous les côtes gauches ! Comme s'il avait deviné ma suspicion, Paul précisa :

« Méfie-toi, les rates des Voltaïques sont multiparasitées, il n'est pas rare qu'elles soient énormes, pesant plus d'un kilo, et qu'elles occupent la majeure partie de l'abdomen... »

Les choses devenaient franchement difficiles ! Je ne connaissais que trop la minceur de mon bagage chirurgical : deux ans d'internat dans des hôpitaux généraux à la périphérie parisienne, six mois de chirurgie cardiaque dans une des cathédrales technologiques de l'Assistance publique. C'était tout de même assez léger pour se retrouver chirurgien chef d'un hôpital de brousse. Si, en plus, rien de ce que j'avais connu ne ressemblait à ce que j'allais voir, je me préparais à bien des déboires. La seule chose qui me semblait certaine, c'était qu'il fallait opérer ce gaillard immédiatement.

« Vas-y, collègue, je t'aide. Tu m'appelles quand tout est prêt », dit tranquillement Paul en se dirigeant vers le baobab où les autres membres de l'équipe commençaient leur repas.

Les préparatifs de l'opération allèrent assez vite. Tenkodogo m'annonça qu'il n'avait pas de sang en réserve pour ce patient et qu'il allait demander si quelques volontaires traînant dans le village ne pouvaient pas participer à une collecte improvisée.

« Vous essaierez de ne pas faire trop saigner à l'ouverture, précisa-t-il. Sinon je ne pourrai pas suivre, je n'ai que des grosses molécules pour le remplissage. »

C'était rassurant pour le chirurgien !

Le malade, lui, ne dormait pas encore... Par chance, il ne pouvait pas comprendre les états d'âme de l'anesthésiste !

Cette opération fut un calvaire, je n'y comprenais rien. A l'ouverture de l'abdomen, que Paul me conseilla de faire très large (je compris ensuite pourquoi), un monstrueux organe méconnaissable barrait la route de la cavité péritonéale. Mon aîné, sensible à mes hésitations, sous prétexte d'expérience, dirigeait mes gestes.

« Débride la rate et sors-la vite, elle est fendue au milieu. »

Deux ou trois gestes adaptés, quelques pinces hémostatiques serrées aux bons endroits, et Paul réalisa avec maîtrise, par l'intermédiaire de mes mains, cette diabolique splénectomie, sans que l'hémorragie fût à aucun moment trop inquiétante. Je n'étais pas dupe de la situation et, pour tout dire, paniqué à l'idée que j'aurais pu être seul, incapable de tirer d'affaire ce malade. Devant tout le personnel de la salle d'opération, alors que nous fermions l'abdomen avec nos gestes répétitifs et réglés, Paul s'exclama :

« Tu vois, tu t'en es magnifiquement sorti. Belle opération, collègue, et Dieu sait que c'était difficile !

Je ne répondis rien, louant intérieurement sa générosité qui me confortait dans l'esprit de l'équipe dont je serais dans quelques jours le seul chef. Un brouhaha discret dans les zones obscures de la salle d'opération me prouvait que ces paroles étaient déjà commentées, répétées, la porte s'entrebâillant pour porter les nouvelles au-dehors.

Quand Paul partit quelques jours plus tard, il me serra longuement la main.

« Oublie ce que tu sais et fie-toi à ton intuition. Laisse-toi pénétrer par l'esprit de l'Afrique. »

La Peugeot démarra, entraînant son nuage de poussière rouge qui m'enveloppa quelques minutes. Paul le généreux retournait vers les hôpitaux militaires parisiens.

J'étais le seul chirurgien à plusieurs centaines de kilomètres à la ronde...

4

Découverte de l'hôpital

Je pris peu à peu la mesure de mon petit royaume : le pavillon de chirurgie avec ses deux salles d'opération, sa salle de plâtres, sa salle de pansements et le long bâtiment d'hospitalisation, construit à la tropicale, dont les chambres de six à huit lits s'étendaient en enfilade, s'ouvrant largement de chaque côté sur une coursive abritée qui ceinturait l'hôpital. Rien ne séparait ces chambres de l'extérieur, ni portes ni fenêtres, fioritures sophistiquées des constructions septentrionales, bien inutiles dans un monde où seule la ventilation naturelle, donc en pratique le courant d'air, permettait de conserver une fraîcheur relative.

Je compris vite qu'à Fada l'on n'hospitalisait pas uniquement un malade, mais que sa famille allait l'accompagner tout au long de son séjour. Après quelques semaines, j'appris à ne plus m'étonner de découvrir l'épouse dormant sous le lit de son mari ou campant dans la cour proche de sa chambre (nous avions interdit qu'elle partageât carrément sa couche – pudibonderie typiquement occidentale !).

En réalité, ces familles nous étaient très utiles. Lorsque la perfusion d'un malade était indispensable, la présence des proches compensait notre carence cruelle en gouttière, nécessaire pour immobiliser le bras du patient : épouses, fils et cousins pouvaient se succéder de nuit comme de jour pour assurer la rectitude de l'avant-bras du patient stuporeux et permettre la bonne conduite de notre « goutte-à-goutte ». De même, ces familles nous débarrassaient de bien des soucis d'intendance et se chargeaient d'assurer la « popote » des patients tout en cuisinant la leur sur des feux de bois improvisés aux alentours de l'hôpital.

Opposées au bloc opératoire se tenaient les consultations. Une cour tenait lieu de salle d'attente, encombrée nuit et jour par une foule patiente et résignée. Je devais consulter tous les après-midi, après la sieste. Souvent, plusieurs dizaines de patients défilaient jusqu'à tard dans la soirée, dans une farandole épuisante dont l'ordre d'admission était entièrement décidé par les infirmiers, ce qui échappait à toute justice ou simple logique de l'Européen que j'étais, ignorant des fratries, des tribus, des dialectes et, plus simplement, du bakchich.

Dans un autre bâtiment, je découvris une magnifique installation de radiologie, offerte par une grande firme allemande. Personne ne s'en servait faute de compétence spécifique. Mon prédécesseur m'avait avoué qu'il n'y comprenait rien et que, tout compte fait, on pouvait très bien se passer de radios ! Je décidai cependant de m'y atteler. Paul avait raison quand il pensait que cette installation ne servirait pas trop pour poser les diagnostics, le plus souvent caricaturaux, des malades de « mou », mais il était évident qu'elle serait indispensable pour ce qui concernait le « dur ». Réduire et plâtrer les fractures, vérifier le bon alignement des os, l'absence de cal vicieux ou de décalage était difficilement concevable sans radio. En tout cas l'avais-je appris ainsi !

La mise sous tension de l'installation du générateur fut assez simple, s'accompagnant du bruit sympathique de machines qui fonctionnent et du ronron rassurant des ventilateurs qui empêchaient la surchauffe. Tout marchait comme au premier jour. Mais manipuler les constantes pour faire un cliché de thorax nécessitait quelques tâtonnements. Il me fallait un cobaye. Félix me dénicha un homme jeune qui attendait depuis plusieurs jours sa consultation et qui, à son avis, avait un besoin pressant d'une radio des poumons. J'appris en fait, en l'interrogeant par l'intermédiaire du traducteur, qu'il venait consulter pour un problème urinaire et que la radio de thorax, sans être bien sûr inutile, était, dans les conditions habituelles de mon exercice, légèrement superfétatoire. J'installai cependant mon gaillard derrière l'écran, lui demandai de retenir sa respiration et lui envoyai une bonne dose de volts et d'ampères. Il était ravi.

Le développement était manuel : j'avais préparé mes bains de révélateur et de fixateur dans la chambre noire et il fallait attendre pour connaître le résultat. J'attendis donc, impatient, seulement éclairé par le halo triste de la lampe rouge. Le cliché était à l'évidence complètement grillé et l'on devinait avec peine l'empilement des vertèbres ; la trame pulmonaire et même l'ombre cardiaque n'étaient pas visibles. Je refis quatre clichés du même bonhomme avant d'obtenir une image correcte et utilisable pour un diagnostic. J'étais heureux de tenir mes constantes pour faire à l'avenir tous les clichés que je souhaitais, mais un peu confus d'avoir irradié plus que nécessaire mon cobaye humain. La seule consolation était de constater que ses poumons et son cœur étaient aussi normaux que souhaitable.

Il me remercia avec effusion et repartit tout de suite pour son village, se sentant guéri de tous ses problèmes. Je m'ouvris de mes remords à Félix :

« Mais, docteur, tu l'as très bien soigné, il va beaucoup mieux. Toutes ces radios lui ont fait du bien. Il sait que tu t'es bien occupé de lui, c'est pour cela qu'il est guéri. »

*

Un autre exemple de la relativité dans l'efficacité de l'acte thérapeutique me fut donné dans les jours suivants par un de mes infirmiers. Ces garçons, que l'on nommait infirmiers, n'avaient en fait que des connaissances assez rudimentaires en médecine, ils atteignaient à peine le niveau d'un bon secouriste. Cependant, leur dévouement, leur générosité en faisaient de précieux auxiliaires. Ils travaillaient nuit et jour pour des salaires de misère, mais recevaient de la part de leurs concitoyens une gratification inestimable en étant considérés comme des « presque » docteurs. Je sus par la suite que de nombreux avantages en nature s'attachaient à cet état.

Nico vint me trouver pendant ma consultation pour me dire qu'il avait un horrible mal de tête. Il aidait habituellement Félix à faire les pansements des hospitalisés. Ce travail avait lieu à l'extérieur des « chambres » sur la coursive. Son rôle, il est vrai, était bien modeste, obéissant au doigt et à l'œil à un Félix aussi terrible avec ses collaborateurs qu'il savait être bonhomme avec moi. Nico tenait les pinces, préparait les compresses, faisait bouillir l'eau et, pour tout dire, se faisait copieusement engueuler à longueur de journée.

Je l'interrogeai avec soin pour savoir s'il s'agissait d'une simple céphalée ou d'une migraine, lui pris la tension pour vérifier qu'il n'était pas hypertendu (ce qui était fréquent chez les hommes jeunes dans cette partie de l'Afrique) et, rassuré par mon examen, lui tendis tout bêtement un comprimé d'aspirine.

« Prend ça, ça devrait marcher », lui dis-je sans autre forme de procès...

J'oubliais Nico tout le reste de la journée, et ce ne fut qu'à la visite du soir en passant par les chambres où il se tenait habituellement que je m'informais de son sort.

« Il va très bien, docteur, il a repris son boulot », me fit un de ses collègues en m'indiquant du bras la direction où il l'avait vu.

Quand j'approchai de lui, je constatai qu'un vaste sparadrap blanc barrait son front. Sous le sparadrap : le cachet d'aspirine.

« Merci, docteur, me fit Nico, hilare, le mal a été guéri tout de suite. Il est très bien ton médicament, je le remettrai demain. »

Et il s'éloigna en se trémoussant vers ses tâches importantes.

5

Le marabout

Quand Paul fut parti, je me retrouvai bien seul avec mon inexpérience. J'appris par Benjamin que tous les malades, sans exception, ne venaient jamais à l'hôpital de première intention. Ils rendaient d'abord visite à Youssef, mi-marabout, mi-sorcier du village, qui soignait ce qu'il pouvait, prélevait sa dîme et dirigeait vers les Européens ce qu'il savait nécessiter des soins chirurgicaux ou des traitements médicaux sophistiqués. Son diagnostic était dans l'ensemble bon et de nombreux patients étaient de sa compétence. L'Afrique emprisonnée dans son monde de génies malfaisants et bénéfiques avait besoin de l'amulette porte-bonheur des sorciers pour se protéger des esprits.

Appliquant à Fada les règles parisiennes, je pris la décision de le rencontrer, pour me présenter en quelque sorte à un confrère local. Visite de courtoisie, dont le but était de resserrer les liens d'une coopération indispensable en bonne entente ! Quand je lui exposai mes intentions, Benjamin trouva cela tout à fait saugrenu :

« Aucun de tes prédécesseurs ne s'est abaissé à rencontrer ce fantoche ! »

Je lui expliquai mes raisons, toutes techniques, en omettant la seule valable : j'étais curieux de rencontrer le bonhomme. Dans mes clichés parisiens tirés de ma lecture assidue de *Tintin au Congo*, je l'imaginais avec un masque grimaçant sur le visage, revêtu d'une peau de panthère et agitant des bâtons griffus. Benjamin, faisant contre mauvaise fortune bon cœur, m'accompagna vers la « concession » du marabout afin de me présenter.

Le marabout était un petit homme aux yeux plissés, aux gestes vifs, et dont les cheveux blancs encadraient un visage fripé de rides expressives. Riche et influent dans le village, sa concession se composait de cinq cases aux murs de pisé et aux toits de chaume, une par épouse, reliées entre elles par un muret d'argile qui entourait la concession. Au centre se trouvait le foyer où une des femmes préparait les repas pour tous : enfants, autres épouses, et bien entendu pour le maître absolu : le père de famille. Celui-ci changeait de case à chaque lune. Comme il tenait à l'harmonie et à la discipline de son petit monde, il distribuait sa présence avec une équité totale. La femme visitée prenait soin de la concession et s'occupait des travaux ménagers, les autres se répartissaient les travaux des champs, la corvée d'eau (le puits utilisable était parfois à plusieurs kilomètres) et les soins de leurs propres enfants en bas âge. La brousse était pleine de ces femmes qui marchaient en plein soleil, un enfant dans le ventre, un autre maintenu sur le dos et une énorme calebasse sur la tête.

Formidable pour apprendre à se tenir droite !

Youssef trônait sur un tabouret, le dos très raide, devant l'entrée de sa case. Il recevait ainsi les malades et exerçait son art. Toute la journée, il consommait à petites lampées une boisson préparée à base de mil, le dolo, qui selon le stade de la fermentation s'apparentait à la bière ou à un alcool de grain – incongruité pour un bon musulman ! L'imbibition du marabout dépendait de l'heure du jour ; elle était directement proportionnelle au temps. Mais son état de conscience ne semblait pas influencé par l'alcoolémie, seuls ses silences semblaient plus longs et ses yeux disparaître dans le plissement des paupières quand un seuil critique était dépassé. Sa vigilance, en revanche, ne me parut jamais s'altérer.

Il nous reçut d'une façon très protocolaire et nous offrit le thé traditionnel, extrêmement sucré, dans des petits verres colorés.

« Je suis heureux de connaître le jeune chirurgien de Paris et je suis très honoré de votre visite, dit-il dans un français apprêté, en roulant bien ses syllabes qui ignoraient le son « r ». Votre hôpital fait beaucoup de bien. Il y a beaucoup de malades dans la brousse... »

Benjamin faisait la grimace, exaspéré par l'apparente suffisance de celui qu'il considérait comme un sorcier ignare. « Il fait des scarifications aux morsures de serpents, ce con ! Cela entraîne des hémorragies épouvantables, qu'on ne peut pas rattraper. Il prétend qu'il faut laisser filer le mauvais sang pour qu'il ne pourrisse pas le corps », m'avait-il confié en venant. Toute sa logique médicale se hérissait devant ce qu'il considérait comme un bastion de l'ignorance des pays de l'Afrique noire. Cependant, derrière cette attitude hiératique de circonstance, il me semblait percevoir chez notre marabout alcoolique une autre dimension que j'avais bien eu du mal à analyser sur l'instant. Après tout, vouloir extirper le mauvais sang n'était pas loin du vieux principe hippocratique de la saignée qu'on pratiquait encore en France au XVIIIe siècle ! Le marabout n'avait que quelques siècles de retard !

La visite fut plutôt décevante. Au moment de partir, Youssef se leva et dit en plongeant ses petits yeux dans les miens :

« Tu reviendras me voir. Nous parlerons des malades africains. »

Nous nous quittâmes sans nous serrer la main. Benjamin était furieux et ne desserra pas les dents pendant le trajet du retour. Je savais que je retournerais voir le marabout et je mémorisai le chemin pour pouvoir le refaire seul.

6

Le baroudeur

Autant l'accueil des autres membres de l'équipe médicale avait été agréable et amical, autant mes premiers contacts avec Daniel furent plus difficiles.

C'était pendant l'heure la plus chaude. Il avait été impossible de « siester » tant l'atmosphère était étouffante. J'avais pourtant tenté tous les trucs du vieux colonial qu'on m'avait soufflés à Paris avant mon départ : en particulier rester allongé en attendant le sommeil, sans bouger d'un poil pour ne produire aucune calorie. L'exercice était simple : il fallait penser muscle par muscle qu'on était parvenu au relâchement parfait, celui de l'activité zéro. En général, au cours de cet exercice, le sommeil vous prenait et vous vous réveilliez seulement un peu plus tard pour recommencer... Mais aujourd'hui, sans le moindre souffle d'air, sans même une douche pour se rafraîchir (je n'avais droit qu'à un quart d'heure d'eau le soir et le matin !), la vie me semblait difficile...

Je redescendais vers l'hôpital quand il remontait le chemin vers les hangars à matériel. On ne nous avait évidemment jamais présentés. Mais, avec Daniel, ça ne paraissait pas nécessaire. Il posa ses baluchons, manifestement très lourds.

« C'est toi, le nouveau chirurgien ? »

Sans attendre ma réponse, il me tendit un de ses sacs de plomb et reprit sa marche, sans faire les frais de la moindre amabilité ou d'un simple mot de bienvenue. Je le suivis sans broncher. Benjamin m'avait bien prévenu que l'homme n'était pas bavard et qu'il ne cherchait que les conversations utiles. Cela semblait se confirmer...

Nous atteignîmes en ahanant le baraquement où s'entassait notre modeste logistique. Sous le toit de tôle ondulée, tout y rissolait comme des patates au four. A l'ouverture de la porte cadenassée, on était refoulé par une onde de chaleur suffocante.

Je laissai tomber sans ménagement mon fardeau sur le sol de terre battue. Il commença à ranger le contenu des deux sacs sur les étagères du hangar sans paraître se préoccuper de ma présence.

Ni salut ni merci...

Je le trouvai franchement désagréable !

Il était brun, le visage tanné par le soleil, vêtu d'un treillis militaire qui devait lui tenir très chaud bien qu'il ne semblât pas transpirer. L'allure était sportive, déterminée. Une volonté manifeste dirigeait l'homme.

Il courait la brousse depuis deux ans maintenant et était devenu le plus ancien coopérant de l'hôpital. Sans doute était-ce trop long pour un seul homme ! Mais il fallait bien reconnaître qu'il ne s'en plaignait pas.

Son programme était de vacciner les enfants dans les villages de la circonscription. Celle-ci était étendue comme une province française mais les sentiers en étaient évidemment franchement moins praticables que nos routes départementales. Il avait la seule Land Rover de l'hôpital, et ses quatre roues motrices lui permettaient de passer là où les Peugeot calaient. Il quittait l'hôpital pour plus de deux semaines avec ses doses et ses registres et ne nous donnait aucune nouvelle avant son retour. Pour tout dire, ses commentaires sur ses virées étaient tellement succincts que nous imaginions mal quelle pouvait être sa vie de solitaire de brousse. Seuls Benjamin (par la force des choses en tant que « chef de village » !) et Moussa, notre « majordome », avaient parfois ses confidences. Mais il restait coi lorsque l'un d'entre nous essayait subrepticement de l'interroger.

Dans l'ignorance où nous étions, la tentation devenait grande d'imaginer, de subodorer la fuyante réalité de Daniel. L'indice devenait alors révélation et la suggestion se changeait en preuve. Souvent, les conversations autour du baobab tournaient autour de lui. Les filles imaginaient des conquêtes féminines, les hommes inventaient des aventures avec des tribus encore sauvages, sinon des luttes quasi mythologiques avec les fauves. Un secret l'empêchait de parler. Un accord avec les sorciers le liait dans son mutisme intransigeant. Par son silence, il nous protégeait des influences néfastes.

Et le monde magique de l'Afrique nous pénétrait par son intermédiaire sans même qu'il en fût responsable...

7

Isabelle et la maternité

Isabelle était gynécologue. Elle avait suivi son mari dans ses pérégrinations africaines, emmenant leurs deux jeunes enfants :

« Ce sera une expérience inoubliable pour nous tous. Il faut la faire maintenant ! », lui avait dit Benjamin alors qu'ils étaient encore étudiants au Cantonal de Genève.

Il avait raison. Benjamin ne pouvait qu'avoir raison... Elle avait quitté sa famille, préparé ses malles et s'était retrouvée seul médecin gynécologue-accoucheur aux antipodes de sa petite Suisse bien propre et bien civilisée, qu'elle n'avait jamais quittée jusqu'alors. Il lui avait fallu tout réapprendre. Au début, elle avait voulu montrer son autorité et avait cherché à diriger la maternité de l'hôpital à sa manière.

Mais rien n'allait comme elle le souhaitait...

Les femmes de Fada n'accouchaient pas allongées sur une table, mais accroupies en poussant comme si elles allaient à la selle, attitude plus ergonomique au demeurant, et elles n'entendaient pas changer d'habitude, préférant les conseils de leurs mères à ceux de cette jeune femme qui se prétendait docteur (comme si une femme pouvait être médecin !). Ainsi on avait vu Isabelle courir, échevelée, dans sa salle de travail, provoquant l'hilarité des matrones, pour chercher ses parturientes sous les tables et les sommer de se coucher, afin de pratiquer les examens du col, comme on lui avait appris à la faculté.

Puis, après quelques mois, comme souvent en Afrique, tout était rentré dans l'ordre : elle laissait les matrones conduire les accouchements comme bon leur semblait et n'intervenait qu'en cas de difficulté. C'était plus rationnel et cela lui laissait un peu de temps pour s'occuper de ses enfants, auxquels elle servait aussi de maîtresse d'école.

Par la force des choses, j'étais son correspondant privilégié... Devant des accouchements qui s'éternisaient ou lors de présentations dystociques, il lui fallait bien un chirurgien pour pratiquer les césariennes. Ce n'était pas mon domaine d'excellence, mais, après quelques cas, je me sentais plus à l'aise et finalement en redemandais volontiers.

Quelle opération magnifique !

C'était bien une des seules situations où le chirurgien avait la responsabilité de deux vies en même temps ! Et cette idée même suffisait à me remplir de fierté, bien sotte au demeurant. Isabelle était toujours présente en salle d'opération lors des césariennes. J'aimais beaucoup travailler avec elle. Elle était douce et charmante, et son accent traînant me ravissait. Contrairement au cliché habituel, cette petite Helvétique était d'une vivacité extrême. Elle se précipitait dès que j'avais extrait l'enfant pour assurer sa réanimation immédiate. Réanimation avec les moyens du bord, certes, mais très efficace au final...

S'il y a une grande constante dans le métier de chirurgien, c'est que la réalité se charge toujours de rabattre le caquet de celui qui se croit devenu un phénix. Je n'échappais pas à la règle. A peine imbu de mes succès en « césarienne », une horrible erreur de diagnostic, partagée avec Isabelle, nous conduisit au quarantième dessous de la honte...

C'était une vieille femme, enfin, à la mode voltaïque... Elle avait au moins trente-cinq ans et se croyait ménopausée depuis déjà longtemps car son dernier fils (sur une fratrie de neuf enfants) avait environ cinq ans. Elle vint consulter Isabelle pour une altération sévère de l'état général et une masse abdominale qui au premier examen se révélait être son utérus. Il était magnifiquement bien palpable sous une paroi abdominale qui ressemblait plus à une feuille de palétuvier qu'à un ventre de femme valide. Cet utérus était complètement bosselé par de multiples fibromes qui faisaient saillie sous la peau et qu'on palpait très bien. Isabelle avait utilisé son stéthoscope d'accoucheur pour vérifier l'absence de bruits du cœur d'un fœtus (leur présence aurait signifié une grossesse). On ne fit pas plus d'examens. Il faut dire que nous n'en avions pas beaucoup à demander sur le plateau technique de Fada N'Gourma...

Erreur on ne peut plus funeste ! Une radio simple d'abdomen nous aurait mieux orientés vers le vrai diagnostic[1]. Je décidai donc de faire une hystérectomie[2] pour enlever cette énorme tumeur fibromateuse. Isabelle était dans la salle, un brin inquiète de ce que j'allais découvrir. Trouver l'utérus n'était pas difficile : à ventre ouvert, on ne voyait que lui. Deux pinces Jean-Louis Faure sur les artères utérines. Un peu de dissection

1. Détail important : l'échographie n'existait pas à l'époque...
2. Ablation de l'utérus.

pour repérer les uretères et la pièce se retrouvait au baquet ! Pendant que je fermais l'abdomen, Isabelle ouvrit l'utérus que je venais d'enlever.

Elle ne put réprimer un cri :

« Mon Dieu, qu'a-t-on fait ! »

Ce n'était pas de gros fibromes qui le déformaient, mais bien un fœtus presque à terme, un fœtus mort et macéré dans un liquide amniotique qui ressemblait à du pus. On comprenait pourquoi la femme allait aussi mal... Isabelle était livide. Je ne valais guère mieux. L'erreur de diagnostic du débutant. Ne pas éliminer la grossesse, devant une tumeur de l'utérus... La honte !

On racontait, penauds, l'histoire à Benjamin. Il prit cela avec philosophie :

« D'accord, vous vous êtes plantés ! Mais qu'est-ce que cela aurait changé pour votre malade ? On n'est pas sûr qu'on aurait pu garder son utérus même si elle avait répondu au déclenchement. Il était de toute façon fibromateux et elle avait déjà de nombreux enfants. Elle n'en voulait pas d'autres à son âge. Finalement, vous avez fait le bon traitement... »

Il n'avait pas tort. Nous raisonnions comme des Européens. L'hystérectomie était le meilleur traitement pour elle, même si ce n'était pas ainsi qu'il aurait fallu faire dans les livres. D'ailleurs, elle récupéra très vite, reprit rapidement du poids et put retourner dans son village après deux semaines pour s'occuper de ses autres enfants...

Mais, Isabelle et moi, nous ne reparlâmes jamais de cette affaire, preuve s'il en était besoin que cette erreur de jugement nous avait marqués.

8

Visite chez les lépreux

Je pris rapidement le rythme de la semaine, dont la régularité frôlait franchement la monotonie. Consultation, opérations, dîners... C'était un genre de « métro, boulot, dodo » à la sauce africaine !

Pourtant, le dimanche matin n'était pas un matin comme les autres. Il aurait pu l'être, mais un siècle de colonisation française ne s'oublie pas si facilement, même dans un pays dont la religion dominante est l'islam. Les villageois se levaient toujours aussi tôt, mais un je-ne-sais-quoi dans la couleur des boubous, une certaine nonchalance dans les comportements trahissaient la rupture des habitudes. La table du petit déjeuner, sous le baobab, s'ornait d'une magnifique coupe d'argent, seul luxe de notre ménagère. Dans cette coupe, les comprimés de Nivaquine pour nous protéger du palu pour toute la semaine. Telle une communion, nous avalions notre médicament avec la première gorgée du café lavasse que préparait Moussa. On entendait alors le tintement éloigné de la cloche de la mission protestante de Moussoukro qui marquait le début de l'office.

Pour moi, après quelques flâneries, le dimanche matin me conduisait, « trousse » médicale en bandoulière, au village des lépreux. J'y étais plutôt conduit par Christian, le fils aîné de Benjamin et d'Isabelle, qui connaissait le chemin, mais qui ne pouvait pas y pénétrer par crainte de la contagion. J'étais alors accueilli par le chef du village, dont le visage, ravagé par la maladie, était éclairé en permanence par un large sourire.

« Bon dimanche, directeur, bon dimanche », hurlait-il dès qu'il m'apercevait au loin en agitant ses mains amputées de plusieurs doigts.

Il m'appelait directeur, comme il avait appelé directeur tous les médecins qui m'avaient précédé, sans doute parce qu'il ne faisait pas la différence dans son français approximatif entre ces deux mots : docteur et directeur ! Il me faisait alors visiter le village, après avoir m'avoir demandé une cigarette :

« Dis donc, directeur, t'as pas une clope ? »

Nous entrions dans toutes les cases pour rencontrer les malades. En fait, cette visite tenait plus de la visite de courtoisie. Il fallait serrer les mains des adultes et se laisser toucher par les enfants, comme si ce seul contact possédait en lui-même un pouvoir de thaumaturge. J'avais beau savoir, par des années passées à la faculté de médecine, que le bacille de Hansen, agent de la lèpre, n'était pas très contagieux, je n'en menais pas large. J'aurais aimé me laver les mains entre chaque attouchement, mais ce n'était manifestement pas possible ou, pire, incompréhensible par tous ceux qui m'entouraient.

Pourtant, question eau, les lépreux étaient plutôt chanceux. Bénéficiant de la répulsion qu'ils inspiraient aux autres, ils avaient installés leur village, bien fermé par un mur de pisé, sur les bords du marigot, c'est-à-dire sur les lieux les plus convoités de Fada. Le marigot était en fait un petit lac d'eau trouble et stagnante qui se remplissait à la saison des pluies, alimenté alors par de multiples petits cours d'eau qui semblaient naître spontanément des averses, et qui s'évaporait progressivement au soleil de la saison sèche, découvrant une grève jaunâtre et craquelée.

La Riviera locale en quelque sorte...

Même quand soufflait l'harmattan, ce vent torride venu du Sahara, et que le niveau de la grande mare stagnait au plus bas, ils pouvaient continuer à cultiver les primeurs. Les quelques haricots verts ou tomates que je mangeais à l'hôpital venaient de leur potager. Ce commerce de luxe était assez rentable pour assurer à ces malheureux une relative prospérité. On peut même dire que, compte tenu de la misère ambiante, la vie chez les lépreux était plutôt confortable.

Ce matin-là, Bon-Dimanche m'avait montré une femme dont le doigt était ulcéré et surinfecté. Des ganglions douloureux au creux axillaire montraient que l'infection se développait. Elle était fébrile. Il fallait amputer rapidement. Je commençai un traitement antibiotique et la convoquai le lendemain à l'hôpital. Je regardais ses enfants, le plus grand présentait déjà les stigmates cutanés de la maladie.

« Mais pourquoi laisse-t-on ces enfants en contact avec les malades ? », demandai-je à Bon-Dimanche.

Il éclata de rire et tira longuement sur la cigarette qu'il m'avait une fois de plus extorquée.

« Et que deviennent les enfants lépreux tout seuls dans la brousse, directeur ? Personne n'en veut, ils meurent de faim. Nous, ici, on s'en occupe, même si ça va pas pour les parents, les enfants ne sont jamais abandonnés. »

Ce village de lépreux, qui me semblait le comble des ghettos de l'horreur quand je pensais à ces malades parqués, vivant les années de leur mal incurable coupés de tous, devenait peu à peu un havre de paix et de solidarité dans un monde de survie.

Je m'en persuadais quand, plusieurs semaines plus tard, je découvris une femme entre deux âges, qui se cachait dans une petite case située dans une allée peu fréquentée du village. Au premier coup d'œil, j'avais fait le diagnostic de la maladie de Recklinghausen, tant les tumeurs cutanées étaient proliférantes, déformant son visage et son corps. Cette maladie est une neurofibromatose et n'a rien à voir avec aucune maladie contagieuse, et surtout pas avec la lèpre. Elle peut transformer dans ses formes majeures les personnes atteintes en individus repoussants et monstrueux par l'incongruité des déformations observées. C'était le cas de cette pauvre femme qui se voyait affublée d'un appendice nasal pendouillant, sorte de caricature de trompe d'éléphant. Cependant, rester dans ce village n'était absolument pas justifié ; elle prenait au contraire le risque de contracter réellement la lèpre, dont pourtant je ne lui découvrais aucun signe à l'examen. Il fallait la faire sortir.

Je déclenchai un drame. Cette femme repoussée de tous par son aspect monstrueux n'avait trouvé compréhension qu'au milieu des bannis. Si ce mot pouvait avoir un sens, elle était heureuse dans ce village.

« Laisse-la avec nous, directeur, elle rend beaucoup de services ici. Tout le monde l'aime, c'est notre Mama-trompe. »

Et Bon-Dimanche ajouta plus bas, comme pour lui-même :

« Elle est encore plus laide que nous... »

9

Urgences

Je logeais dans un petit bungalow de plain-pied, situé à quelques centaines de mètres de l'hôpital sur une colline d'où je dominais le pays des Gourmantché. Sahel monotone fait de terres rouges parsemées de buissons. Les arbres, souvent des baobabs, étaient rares. Au loin se trouvait la réserve d'Arly où des Occidentaux venaient chasser. Les fauves s'y déplaçaient en toute liberté, et cette seule proximité me transformait déjà en chasseur de lions, à la façon de Gregory Peck dans *Les Neiges du Kilimandjaro*... Sauf qu'ici, en Haute-Volta, c'était le Sahel et la misère, et qu'on était loin de la luxuriance de la Tanzanie, de la verve d'Hemingway et des seins d'Ava Gardner.

Mon intérieur était simple : une chambre dont le lit était recouvert de l'indispensable moustiquaire, une salle de douche et une grande pièce meublée de deux fauteuils en osier et d'un canapé, d'une chaise et d'un bureau surmonté d'une petite étagère. Deux heures d'eau par jour condamnaient à des horaires très précis pour les ablutions, alors que la chaleur et la poussière m'auraient plutôt entraîné à rester sous la douche la majorité du temps. Quelques geckos, petits lézards familiers aux doigts ventouses, couraient sur les murs, emplissant le lieu de leurs bruits étranges.

Je dormais, ou plutôt essayais de dormir, toutes portes et fenêtres ouvertes, complètement nu, transpirant sous la moustiquaire. L'Afrique vit la nuit. Dès que le soleil se couchait, le calme relatif du jour faisait place à un brouhaha invraisemblable où se mêlaient les tam-tams des différents villages qui s'adressaient des messages mystérieux, les cris des villageois qui faisaient la fête, le braiment des ânes et le rugissement des fauves de la brousse.

Cette nuit-là, je fus réveillé par des claquements réguliers qui venaient de l'extérieur :

« Qui est là, qui est-ce ? »

J'émergeai de la moiteur de mon demi-sommeil.

« Urgence, docteur, il y a une urgence. Habille-toi et suis-moi. Je t'attends », me lança l'infirmier qui était venu me chercher en tapant dans ses mains pour me réveiller.

Je soulevai la moustiquaire et sautai du lit dans le noir. Je cherchai à tâtons mes vêtements que j'avais laissés sur une chaise.

« Fais attention aux scorpions, me lança la voix de l'extérieur. Secoue bien le pantalon, le scorpion aime piquer les fesses ! »

Mon correspondant pouffait manifestement de rire dans la nuit. Je percevais ses reniflements rentrés ! Il devait deviner l'angoisse viscérale où ses mots me plongeaient et je secouais mes vêtements comme un épileptique, en pestant contre la folie qui m'avait conduit dans ce trou pourri, où tout était danger. Je pensai un bref moment à mon appartement parisien, banale boîte dans un grand immeuble mais tellement sûr et confortable, berceau de ma petite vie tranquille de citadin, où je n'étais pas menacé en permanence par toutes sortes de bestioles.

« Suis-moi bien et ne t'écarte pas du chemin... à cause des serpents. »

Il ne manquait plus que ceux-là ! Je les avais oubliés ! Il continuait à taper dans ses mains pour éloigner les dangereuses vipères cornues, qui paraît-il infestaient les lieux. Je le suivais, marchant dans ses pas, conscient du pittoresque de la situation, où le chirurgien endormi suivait dans la nuit une espèce de zombie hilare, qui frappait périodiquement dans ses mains pour éloigner les serpents tapis dans les herbes. Mon guide me conduisait à la maternité.

La matrone, petite femme ronde portant le fichu vichy traditionnel des sages-femmes, hurlait « Poussez, mais poussez donc ! » à sa parturiente, à genoux sur son ventre en l'exprimant de toutes ses forces.

« L'enfant ne descend pas, docteur. La tête est trop rejetée vers l'arrière. »

J'enfilai un doigtier et pratiquai un toucher vaginal. Bien que mon expérience obstétricale fût un peu légère, il me sembla percevoir des petits grumeaux sous mes doigts correspondant au nez et à la bouche de l'enfant qui évoquaient une présentation de la face, où la tête de l'enfant se trouve complètement défléchie en arrière, interdisant l'expulsion par les voies naturelles. J'auscultai l'abdomen distendu de la patiente à l'aide du petit stéthoscope de bois des accoucheurs. Les battements cardiaques étaient ralentis et diminuaient, surtout lors des contractions utérines, traduisant la souffrance du bébé.

Je ressentis le classique frisson le long du rachis qui signalait les situations graves. Là, il fallait agir, et vite. Il fallait pratiquer une césarienne de toute urgence. Il fallait réveiller Isabelle, on aurait besoin d'elle pour la réanimation.

Pauvre Isabelle qui n'allait encore pas dormir beaucoup cette nuit-là...

Miracle de l'urgence! J'oubliais en un instant les serpents, mon sommeil interrompu, les scorpions de la nuit africaine. J'oubliais tous ceux que j'avais laissés à Paris et qui me manquaient si cruellement tous les soirs... Je faisais alerter l'anesthésiste et les panseurs. Le groupe électrogène du bloc se remettait en marche, les brancardiers se hâtaient dans les coursives, les lumières peu à peu s'allumaient dans la salle d'opération, la matrone s'affairait pour préparer son matériel de réanimation pour l'enfant en souffrance. La nuit africaine qui m'inquiétait tant se chargeait de nouveau de l'activité électrique de l'espoir. C'était le combat désespéré contre la mort, celui qui m'avait fait choisir ce métier.

Dans l'urgence de la nuit africaine, j'étais chez moi.

10

Des nouvelles de Paris

On ne pouvait pas dire que les nouvelles étaient fréquentes. Courrier deux fois par semaine, pas de téléphone... Enfin, pas de téléphone qui fonctionnât correctement comme on pouvait l'utiliser en Europe ; obtenir une ligne pouvait prendre une heure... Pas de télé, pas de radio, un journal datant d'au moins une semaine de temps en temps ! Mais à quoi bon tous ces raffinements quand on a le tam-tam ? Ces tambours qui remplissaient la nuit d'Afrique et qui racontaient à l'infini tout ce qui s'était passé dans la journée. Et qui se répondaient jusqu'à m'en farcir la tête et m'empêcher de dormir. Il faut dire qu'à Fada il était difficile de fermer les fenêtres. Pour la simple et bonne raison qu'il n'y en avait pas... !

J'apprenais par une lettre, dont l'enveloppe avait conservé la poussière rouge du chemin, qu'à

Paris les copains de Médecins sans frontières commençaient à s'organiser. Ce n'était pas du luxe, ils en avaient besoin ! L'expérience biafraise ne pourrait pas indéfiniment servir de leitmotiv. Il fallait maintenant faire sans la logistique de la Croix-Rouge, par ses propres moyens. Et ce n'était pas si facile quand on avait été formé pour s'occuper d'autres choses.

On avait pu s'en rendre compte pendant l'expédition pour le tremblement de terre du Nicaragua en 1971. La capitale Managua avait été détruite. On considérait que dix à trente mille personnes étaient mortes ou disparues. Toutes les organisations du monde entier s'étaient mobilisées. MSF avait battu le rappel de ses troupes. On avait rassemblé en urgence le plus de matériel possible dans le grand hangar du 11ᵉ arrondissement de Paris qui servait de quartier général. Résultat des courses, alors que la rapidité d'action et la souplesse de déplacement étaient les mots d'ordre de l'organisation, on était arrivé trois jours après la Croix-Rouge...

Moyen, comme début, pour ceux dont l'image de marque voulait être l'efficacité dans l'urgence !

Ensuite, sur place, on avait bricolé, rendu service. C'était certain. Mais on était loin de l'idéal. Ç'avait était honorable comme tour d'échauffement, tout au plus.

Dans sa lettre, Alain Deloche m'annonçait que

la dernière opération qu'ils avaient menée au Honduras (à la suite des dégâts provoqués par l'ouragan Fifi) allait déboucher sur une mission d'aide à long terme :

« Je sais, écrivait-il, combien tu défends les missions de longue durée, seules capables d'assurer une véritable aide des populations. Nous avons décidé de tenter cette expérience au Honduras... »

Je pensais en effet que, s'il était indispensable d'agir dans l'urgence, l'expérience prouvait qu'après quelques mois les problèmes n'étaient habituellement pas réglés dans ce genre de situation. Et que remballer les malles après quelques semaines ne pouvait qu'être frustrant pour ceux qui voulaient agir pour aider vraiment les populations quand leurs gouvernements n'étaient pas toujours capables de prendre le relais.

Il m'annonçait aussi qu'ils avaient décidé de faire de la publicité.

« Il est indispensable d'avoir des moyens financiers, et sans publicité nous n'en aurons jamais. Nous ne sommes pas assez connus. L'idéal serait de faire parler d'une de nos actions à la télévision ! »

Pour l'instant, il avait obtenu des moyens pour une campagne d'affichage avec un bébé en gros plan. Le slogan avait été trouvé[1]. Bon, d'ailleurs :

---

1. En fait, la campagne n'eut lieu qu'en 1977. Mais, défaut de

« Dans leur salle d'attente, 2 milliards d'hommes. »

Il devenait clair que les ONG n'auraient jamais d'autre financement que les dons. Charité publique, « *charity-business* », répondait Kouchner[1]. Il fallait utiliser tous les moyens modernes pour se faire connaître, faire connaître son action et déclencher avec des images fortes le don du bon peuple. Ce n'était pas seulement tendre la main, c'était aussi mettre en musique toute une stratégie pour récupérer les fonds nécessaires à l'action. Selon la phrase de Kouchner : « Sans caméra, une tragédie n'existe pas ! »

Il fallait chercher (et trouver) des grands donateurs qui financeraient les missions en échange d'une estampille humanitaire sur le logo de leur marque. Il fallait cibler les demandes de dons en choisissant les populations et leurs centres d'intérêt... Avec une grande constante : montrer des enfants malades. Cela émouvait et facilitait les dons. Le vieillard amputé, c'était moins vendeur. Cela rebutait. Mauvais pour une campagne. La femme enceinte démunie dans un camp de réfu-

---

débutants, on avait oublié de mettre le numéro de compte chèques postal sur l'affiche !

1. Kouchner théorisa plus tard les pratiques de financement des œuvres caritatives ainsi que les pratiques de financement et de communication qui en découlent (Bernard Kouchner, *Charité business*, Le Pré aux Clercs, 1986).

giés : meilleur, bon impact. Les gens se tournaient naturellement vers la jeunesse et la vie. C'était injuste, mais c'était ainsi... La nature ne se préoccupe que de sa perpétuation ! Ce que l'homme devient quand il a assuré sa descendance ne lui importe plus... C'était un grand principe de la vie elle-même ! Il fallait en tenir compte. Un travail de pro ! Pas très noble, mais indispensable. Sinon rien. Pas d'actions sur le terrain possible, faute d'argent...

Comme je me répandais à Paris contre cette mercantilisation du caritatif qu'on voyait poindre pour MSF, Alain m'avait répondu en parlant des donateurs, qu'on avait l'impression de presser comme des citrons : « Mais, au fond, on leur rend service ! »

Et je crois qu'il avait raison.

Pourtant, en lisant cette lettre, je ne perdais pas le point crucial qui m'avait valu l'effort d'une telle missive : il n'était pas question pour le moment de me remplacer. Alain viendrait, il le jurait. Mais il faudrait attendre encore quelque temps.

« Ce que tu fais est formidable. Les Frères de Paris m'ont dit que tu les soufflais ! »

Tout flatteur vit aux dépens de celui qui l'écoute. Alain savait que je me sentais un peu jeune pour une telle responsabilité. Il jouait sur la corde sensible. Ça l'arrangeait !

11

Tenkodogo, l'anesthésiste

Tenkodogo était l'infirmier anesthésiste de l'hôpital, « mon » anesthésiste. A Paris, les anesthésistes qui formaient une nouvelle discipline et qui cherchaient à s'affirmer détestaient cette possession. Ils n'étaient pas « nos » anesthésistes. Ils étaient des spécialistes de haut niveau, qui pouvaient parfaitement se passer des chirurgiens (?), et en aucun cas ils ne devaient sembler y être soumis !

Le problème était différent avec « mon » Tenkodogo. En fait, l'anesthésie n'était pas son premier métier ; à l'origine, il était cordonnier. Il avait dû se reconvertir dans un pays où tout le monde marchait pieds nus. Pourquoi et comment en était-il arrivé là ? Comment avait-il décroché son diplôme ? Mystère ! Pour tout dire, je ne lui avais pas demandé son *curriculum vitæ*. Il faisait une anesthésie de bonne qualité dans des conditions difficiles. Il n'avait que peu de produits analgésiques par manque chronique de moyens et il hésitait à employer le curare[1] car nous n'avions qu'un petit respirateur artificiel vétuste et qu'il lui fallait le plus souvent ventiler à la main tout le temps de l'apnée. Il poussait doucement le Penthotal[2] pour endormir le patient. Dès l'incision faite commençait un combat entre lui et moi pour qu'il relâchât le malade afin de faciliter l'opération. Parfait homme du monde, il répondait toujours « Oui, oui, docteur... » à mes injonctions les plus fermes. Je le soupçonnais de faire semblant :

« Mais, Tenkodogo, bordel, pousse un peu ta seringue. Le malade est tendu comme un arc... !

— Oui, oui, docteur...

— Tenkodogo, bordel... »

L'opération était rythmée par mes soupirs et mes vociférations. Je m'en prenais aussi aux aides :

« Mais écartez un peu, tirez sur les pelles, je n'y vois rien... Ça saigne, Tenkodogo, passe du sang. Mes aides ne m'aident pas, c'est le bordel... »

---

1. Le curare est une substance extraite de certaines lianes d'Amazonie qui provoque la paralysie des muscles. Il est utilisé en anesthésie depuis 1912 pour entraîner le relâchement musculaire et faciliter l'intubation.

2. Le Penthotal (thiopental) est un barbiturique utilisé pour induire l'anesthésie. Il déprime l'activité cérébrale.

Imperturbable, Tenkodogo marmonnait calmement : « Oui, oui, docteur... » Il ne s'énervait jamais, même lorsque j'engueulais tout le monde. Imperturbable, il pouvait dire :

« Il n'y a plus beaucoup de tension ; ça ne va pas... Je fais de l'Aramine[1]...

— Mais c'est con, l'Aramine, Tenko. Remplis plutôt ton malade !

— Oui, oui, docteur... »

Et il faisait quand même une lichette d'Aramine en marmonnant :

« Ça oui, c'est con, l'Aramine. Tu as bien raison, docteur... »

J'avais au fond une confiance infinie en lui. Nous ne perdîmes jamais un malade en salle d'opération. Tout au plus, dans certains cas, l'orage passé, alors que je refermais tranquillement le patient, il disait en riant :

« On a eu chaud ce coup-ci. Pas vrai, docteur ! »

Il avait, je pense, également confiance en moi.

« Tu es jeune, disait-il, mais tu sais déjà le métier. Un jour, tu seras un grand chirurgien. »

La preuve de son amitié et de sa confiance fut un de mes souvenirs chirurgicaux les plus

1. L'Aramine est un médicament utilisé dans le traitement de l'hypotension.

cuisants. Quand j'y pense encore tant d'années plus tard, c'est une grande honte qui m'envahit tout entier. Tenkodogo avait deux fils, qui avaient atteint l'âge de la circoncision.

« Jamais je ne les confierai au marabout, il est ivre du matin au soir. C'est toi qui les opéreras et je les endormirai... »

Je ne pouvais pas me défiler devant un tel appel. Certes, j'aurais pu dire que mon expérience des circoncisions était bien mince, que ce n'était pas franchement ma mission dans cet hôpital... Je jugeai (à tort !) qu'il valait mieux ne pas insister et je me préparai à cette opération en révisant la technique dans les livres. Le jour venu, je réalisai cette intervention, d'ailleurs assez correctement, en prenant garde par-dessus tout de ne pas sacrifier trop de peau du prépuce de ces petits garçons. Tous les points furent faits au catgut[1] fin, l'hémostase[2] était excellente, Tenko et moi semblions satisfaits.

Le malheur voulut que dans les jours suivants un œdème assez spectaculaire déformât la verge des deux enfants en une espèce d'aubergine tropicale. Quelques points lâchèrent, la suture se mit à

1. Fil résorbable qui ne nécessite pas d'être enlevé. Il était fabriqué à partir d'intestins de mouton.

2. Hémostase chirurgicale : processus qui permet d'arrêter l'hémorragie.

couler ; et, sans parler véritablement d'infection, on put franchement évoquer un retard de cicatrisation. Quand on comparait l'aspect des zizis obtenu par Youssef, qui après avoir effectué la circoncision d'une lame très sûre stoppait l'hémorragie en enduisant la verge des enfants dans une sorte de goudron malodorant et rébarbatif, mes résultats semblaient dérisoires. Que contenait donc cette pommade africaine qui permettait d'arrêter l'hémorragie, hâtait la cicatrisation et empêchait l'infection ? Je ne le saurais jamais.

« C'est de l'esprit de terre », disait doctement Youssef en découvrant le blanc de ses yeux, tant il les levait vers le ciel.

J'étais bien avancé.

Tenkodogo ne me reparla jamais de cette mésaventure. On peut même penser qu'il me conserva sa confiance... J'appris plus tard qu'il disait dans le village que ma technique de circoncision était certes plus délicate, mais qu'elle assurait une virilité éternelle à ceux qui en bénéficiaient.

Génie de l'Afrique pour ne pas perdre la face !

Je refusais pourtant de me livrer de nouveau à cette expérience, autant par prudence que par amitié pour Youssef, dont c'était à la fois la fonction et une source non négligeable de revenus...

12

Vie de tous les jours à Fada : serpents et pili-pili

Je n'en avais pas fini de mes démêlés avec les serpents.

Quand nous discutions, étudiants, à Paris, de nos rapports avec les animaux, nous pensions que l'attirance ou la répulsion que nous inspirait une espèce était liée à sa ressemblance ou au contraire son opposition avec l'image humaine. C'était en fait l'expression de l'anthropomorphisme tout-puissant. Ainsi le chien, quatre pattes, deux oreilles et un bon air d'entendement, nous semblait-il très proche de nous, alors que l'araignée, huit pattes, pas de cou et peu d'humeur tendre, nous semblait tout juste bonne à être écrasée. Quant au serpent, démon biblique tentateur, rien ne pouvait paraître plus éloigné de l'image de Dieu, et il fallait beaucoup d'imagination darwinienne pour lui sentir un quelconque cousinage dans la longue chaîne de l'évolution.

Un soir que je rentrais dans mon bungalow, je fus saisi d'horreur en voyant un serpent de belle taille, vert et jaune, qui rampait sur mon lit. Il s'était glissé sous la moustiquaire et élisait domicile entre l'oreiller et le traversin. Je fus glacé de terreur et m'enfuis dehors en appelant Moussa à l'aide. Moussa, notre boy-majordome, habitué à ces cris de toutes sortes, qu'il considérait depuis longtemps déjà comme des facéties d'Européens, arriva sans se presser. Il fit cependant semblant de courir dans le petit raidillon qui menait chez moi en signe d'obligeance.

« Qu'est-ce qui t'arrive, docteur ?

— Dépêche-toi, Moussa, il y a un serpent. Un serpent sur mon lit. »

Il ne fit pas de remarques. Elles auraient pu être condescendantes pour ma frousse. Il coupa vivement avec son couteau une grande tige qui se balançait au vent et pénétra, décidé, dans la chambre. Je le suivis à bonne distance.

« Fais gaffe, Moussa, c'est un gros. »

Le serpent, sans doute effrayé lui aussi, n'était plus sur le lit.

Moussa le découvrit dans la pénombre d'un angle de la pièce, méchamment éclairée par l'ampoule souffreteuse du plafond. Acculé, le serpent se dressa, la tête en avant, pour frapper. Tout alla très vite. Moussa, qui avait cassé incomplètement sa tige de bois vert, saisit avec une adresse et une rapidité diaboliques le cou du serpent et croisa en serrant violemment les deux extrémités de son arme improvisée. Le corps du reptile fouetta l'espace avec une force inimaginable. Moussa le tenait à distance, pour éviter d'être touché, tout en maintenant sa pression. Après plusieurs soubresauts, le serpent finit par s'immobiliser. Mon compagnon s'approcha prudemment et lui trancha la tête avec son couteau.

Puis, ramassant le corps du serpent, il alla le jeter à l'extérieur du bungalow :

« Je ne sais vraiment pas comment il a pu entrer dans ta chambre, me fit-il.

— Par la fenêtre, répondis-je en haussant les épaules.

— Ce n'est pas possible, dit Moussa, on a fait pousser un arbre aux serpents sur le mur de ta maison. Les serpents ne viennent pas quand ils sentent l'arbre aux serpents. »

Et il me montra le tronc d'une sorte de vigne vierge qui montait sur la terrasse de la véranda et s'entrelaçait dans la charpente.

« Allez, dors bien, docteur. »

Façon de parler le « dors bien, docteur » !

Et il repartit vers le baobab pour retrouver la

cuisine et les femmes de service qui l'aidaient dans les travaux ménagers, en chantonnant sa marche favorite, souvenir vraisemblable de son passage dans l'armée française, où il était question de « Mistingo, pan, pan, tirelire » et de « Tire larigot, flingot ». Il allait sans doute raconter l'aventure en se gaussant du petit docteur, qui avait peur des serpents et qui ne connaissait même pas l'effet protecteur de certains arbres contre les reptiles africains.

J'étais sonné. Je restai un long moment debout dans la pièce sans envisager comment j'allais pouvoir me coucher. Je laissai la lumière allumée, méprisant toutes les économies de fuel du groupe électrogène. Puis, la fatigue aidant, je finis par plonger dans des cauchemars épouvantables. Je sentais de froides sinuosités caresser mon corps et j'émergeais souvent du sommeil, pour regarder sous le lit si un nœud de vipères n'y forniquait pas tout à son aise.

*

Le repas représentait le seul moment de vraie détente, même si nos menus étaient loin de la gastronomie parisienne. Sous le gros baobab, à deux pas de la cuisine où bavardaient les femmes chargées de faire vivre notre petite communauté, on échangeait nos commentaires sur les hauts faits médicaux qui nous avaient marqués dans la matinée, sur nos patients, sur l'Afrique en général, et le soir, souvent, nous refaisions le monde, qui devait être plus juste, plus fraternel et plus harmonieux ! Mai 68 était tout de même passé sur nos lobes pariétaux !

La pièce qui jouxtait la cuisine était une sorte de salon meublé de petites tables et de chaises en osier. Dans ce salon trônait notre réfrigérateur fonctionnant au pétrole. L'appareil présentait un aspect antédiluvien à la fois sympathique et inquiétant. Il se caractérisait en fait par deux propriétés majeures : il faisait en permanence un bruit d'avion à réaction en phase de décollage et il embaumait les lieux d'une odeur de fuel comme un vieux chalutier, ce qui rendait impossible tout séjour prolongé dans la pièce (d'ailleurs d'une chaleur étouffante[1]). Elément curieux pour un réfrigérateur, il était incapable de fabriquer des glaçons avec l'eau filtrée dont Moussa remplissait pourtant consciencieusement les bacs. Voulant en avoir le cœur net, j'y glissai un soir un thermomètre. Je ne fus pas déçu : après une heure dans le compartiment *extra cold*, il affichait impertur-

1. L'air conditionné n'existait évidemment pas à l'hôpital.

bablement 18 °C. Ce qui relativisait l'expression habituelle de notre « maître d'hôtel » à l'heure de l'apéro : « Et deux bières pour ces messieurs, et bien frappées, s'il vous plaît ! »

Quand on avait compris que la bière ne pouvait être que tiédasse, que le sucrier était de toute façon la proie des fourmis, que les salades venaient de chez les lépreux, on finissait par trouver la nourriture correcte, voire bonne. La seule chose que je ne pouvais pas supporter était le pili-pili, sauce au piment volcanique, intolérable plus d'un instant en bouche, alors que l'Africain s'en régalait sur tous les aliments, voire s'en tartinait de bonnes couches comme amuse-gueule.

Moussa avait décidé de m'habituer à cet incontournable de la gastronomie africaine et je commençai par des doses homéopathiques à la façon d'une mithridatisation.

« Mais, Moussa, je ne peux pas avaler ton pili-pili, je n'ai aucun plaisir à me brûler la langue. Quel est l'intérêt, dis-moi ?

— Tu devrais, docteur, tu devrais...

— Je rêve d'un bon steak bien saignant avec juste un peu de poivre...

— Mais on ne peut pas vivre en Afrique sans le pili-pili.

— Je ne pense pas que soit nécessaire. C'est

tellement fort qu'on doit se sphacéler le mésentère[1] avec ton truc...

— Pour manger peut-être, docteur, fit Moussa en riant, mais pour les filles... Si tu veux être à la hauteur, crois-moi, rien ne vaut le pili-pili des sœurs de Moussa... »

Il retourna vers la cuisine où les « sœurs » riaient déjà de mes ignorances, en se cachant le visage derrière leurs torchons.

1. Gangrène de l'intestin grêle.

13

Béatrice

Je venais de recevoir les résultats d'une numération formule sanguine que j'avais demandée en urgence pour une suspicion de péritonite. Le chiffre que me communiquait Béatrice la pharmacienne était ridiculement bas (environ un million de globules rouges, alors que la normale européenne frise les cinq millions !). Ça ne collait absolument pas avec le tableau clinique du malade et, même si les Voltaïques sont fréquemment anémiques, il y avait des limites. Je fonçai jusqu'au laboratoire pour vérifier qu'il n'y avait pas une erreur.

Béatrice m'accueillit avec sa gouaille nonchalante :

« Alors, beau chirurgien, tu viens enfin rendre visite à la pestiférée dans son gourbi ?

— Dis donc, Béatrice, tu ne te serais pas trompée dans tes comptes de globules, par hasard ?

répondis-je. Un million de globules, ce n'est tout de même pas beaucoup pour un homme qui semble encore vivant !

C'était vraiment une fille superbe. Sa blouse blanche à peine fermée par trois yoyos laissait deviner son corps souple et ferme. La chaleur de l'après-midi avait un peu collé ses cheveux blonds sur son front et exhalait son parfum de femme.

« S'il faut maintenant que je me trompe dans mes globules pour qu'un homme vienne me voir !

— Je ne pense quand même pas que tu m'envoies une invitation pour te rendre visite par numération interposée, lui fis-je, un peu gêné par mon agressivité. C'est vraiment un million de globules rouges, la numération de ce type ?

— A cent mille près, c'est bien ça, j'ai recommencé trois fois. Tu veux contrôler ?

— Non, bien sûr que non. Mais je n'y comprends rien. »

Béatrice sourit en se retournant vers son microscope :

« Chirurgien de mon cœur, tu crois toujours que tout doit céder à ton bistouri. Fais donc confiance à la pauvre fille penchée sur ses lames. Demande-toi plutôt si la douleur de ton malade n'est pas due à une crise baraquée de palu. A ta place, je ne me précipiterais pas pour lui fendre la paillasse... Salut et à plus tard. Mon labo est toujours ouvert aux chirurgiens qui se posent des questions existentielles... »

Elle avait raison. Avec la décontraction qui caractérisait toutes ses attitudes, la pharmacienne me donnait une leçon de médecine et rabattait brillamment mon caquet. Cette fille, son physique m'empêchait de la prendre tout à fait au sérieux ! C'était idiot évidemment. Mais je l'imaginais plutôt sur la couverture d'un magazine de mode qu'en pharmacienne de l'hôpital de Fada N'Gourma. Et, ce n'était pas nouveau, je n'étais pas franchement à l'aise devant l'expression de la féminité triomphante. Pour y être trop sensible, sans doute ! Elle était pour moi un mystère. Que faisait-elle, si belle, dans cet hôpital perdu ? Quel chagrin d'amour venait-elle y oublier ? Comment une fille comme elle avait-elle pu traverser seule l'Afrique du Nord, le Sahara et le Mali en auto-stop, prenant des risques invraisemblables pour nous rejoindre alors qu'elle aurait pu prendre un avion comme tout le monde ? Quelle personnalité de fer et de feu cachait-elle derrière ce masque de nonchalance apparente, comme si les choses et les gens n'étaient là que pour lui céder ?

Je la retrouvai le soir sous le baobab. La nuit était tombée. Nous étions les premiers à nous retrouver pour le dîner.

« Tu avais raison, lui dis-je. Benjamin pense

que c'est une crise maligne de paludisme. On a commencé la quinine. J'espère que tu n'as pas mal pris mon intrusion et mes questions. »

Elle ne répondit pas tout de suite. Elle était profondément enfoncée dans son fauteuil, les deux mains croisées à la hauteur de son visage, et je devinais à peine son regard dans la pénombre. Après un long silence, elle me demanda doucement :

« Tu es toujours comme ça, dans la vie ? Je ne te connais pas bien. Mais des mecs coincés comme toi, je n'en ai pas beaucoup rencontré. Tu ne pourrais pas être plus simple avec moi ? Ça va bientôt faire un mois que l'on se côtoie tous les jours et tu ne m'as jamais parlé d'autre chose que de médecine. Qu'est-ce que tu as dans la tête ? »

Quelqu'un arrivait pour nous rejoindre sous le gros arbre. On entendait son pas dans l'ombre. Elle se leva brusquement en haussant les épaules et s'enfuit rapidement vers son bungalow.

« C'est moi qui la fais fuir ? »

Henri se tenait là, les bras ballants, sans oser s'asseoir.

« Qui sait, Henri. Assieds-toi, lui fis-je, conciliant. Et profitons d'un peu de calme. Elle doit être fatiguée. Elle nous rejoindra plus tard. »

J'aurais dû me précipiter dans ses pas pour la

consoler, pour lui dire qu'on ne pouvait pas être indifférent à elle, pour lui crier combien je la trouvais belle.

Mais je ne le fis pas.

14

Leçons de chirurgie

Tout ce que j'opérais s'infectait peu ou prou. On se serait cru revenu à la chirurgie d'avant l'ère pasteurienne. Je vérifiais aussi soigneusement que possible la stérilisation des instruments, des linges opératoires et des gants de caoutchouc, sans trouver de failles ou d'erreurs évidentes. Heureusement, une saine immunité de mes patients, dans l'ensemble en bon état général, assurait rapidement une guérison au prix d'une suppuration plus ou moins longue. Tous les jours, Félix, l'infirmier-major, déballait les pansements et emmenait les malades sur la coursive extérieure du service de chirurgie pour les laisser prendre le soleil.

« C'est bon pour les microbes ! », disait-il avec justesse.

J'examinais les plaies plus ou moins nauséabondes qu'il lavait avec un peu d'eau filtrée (!).

« Mais dis donc, Félix, il y a des asticots sur ce moignon !

— C'est bon, ça, docteur, il va être bientôt guéri. Surtout, tu les enlèves pas... »

Il avait raison, les plaies sur lesquelles proliféraient des vers guérissaient rapidement.

Je pensais que, cent cinquante ans plus tôt, en France, la moitié des patients mouraient encore d'infection. La chirurgie s'accompagnait toujours d'une suppuration que les médecins considéraient apportée par les miasmes hospitaliers, sortes d'émanations néfastes et putrides qui hantaient les hôpitaux. Il avait fallu l'intuition d'Ignace Semmelweis, accoucheur à Vienne, pour comprendre que la fièvre puerpérale, dont mouraient les accouchées, était liée à une infection transmise par le contact des médecins qui effectuaient à mains nues les dissections des cadavres morts dans la nuit avant de pratiquer les accouchements. Le pauvre Semmelweis préconisait simplement le lavage des mains pour prévenir l'hécatombe, mais ses confrères, contrariés par la folie d'une telle proposition, restèrent sourds à ses conseils. Il fut chassé de Vienne, perdit son emploi de médecin. Mais, convaincu de ses idées, il continua de les clamer en distribuant, à la limite de la raison, des tracts aux passants de la rue. Il mourut dans l'oubli et la misère. Destouches, qui n'avait pas encore le talent de Louis-Ferdinand Céline, choisit de décrire cette vie d'incompris dans sa thèse de doctorat en médecine.

« Connais-tu les microbes qui infectent les plaies des malades, Félix ?

— Ce sont des streptocoques, docteur, des streptocoques de brousse... »

Et Félix riait du grand rire de l'Afrique. Nous n'avions pas de microbiologiste, notre pharmacienne faisait ce qu'elle pouvait ; les germes qui infectaient mes opérations n'étaient évidemment pas des streptocoques. Ils n'avaient qu'un avantage sur bien d'autres germes, c'étaient qu'ils étaient sensibles à la pénicilline G, seul antibiotique dont nous disposions à l'hôpital de Fada.

« Est-ce qu'il y a du BK par ici ? », demandai-je à Félix.

Il me regarda avec l'air de ne pas comprendre.

« De la tuberculose, du bacille de Koch », répétai-je.

Félix me dit que non, qu'il n'en avait jamais entendu parler. En fait, il n'avait jamais entendu parler ni de Koch ni de Pasteur, sauf par le nom d'un boulevard à Ouaga. Je décidai de profiter des circonstances pour commencer à sensibiliser mes collaborateurs sur les problèmes du sepsis :

« Les deux hommes qui fondèrent la microbiologie sont Koch et Pasteur. Le premier décrivit les microbes, le second la méthode pour les détruire. Pasteur était chimiste de formation, mais il demandait déjà en 1878 aux chirurgiens de ne se servir que d'instruments parfaitement propres, préalablement exposés dans un air porté à la température de 130 à 150 °C, de se laver les mains avec le plus grand soin, qu'ils compléteraient par un flambage rapide...

— Et ils l'ont fait ? demanda Félix.

— Pas tout de suite, et surtout pas en France. Tu sais bien que nul n'est prophète en son pays. En revanche, le chirurgien écossais Lister adopta immédiatement ces nouvelles idées; il était le seul alors à utiliser des désinfectants sur la peau et avait obtenu dès 1864 des résultats spectaculaires : le taux de mortalité de ses opérés était tombé de 50 à 10 %. Il n'hésita pas à opérer dans une atmosphère d'acide phénique nébulisé par un appareil qu'il avait mis au point. Tu imagines que tout le monde pleurait dans la salle d'opération[1]. Les règles d'asepsie telles que Pasteur les avait

1. L'acide phénique est un antiseptique dont l'action est très corrosive pour les muqueuses, entraînant, en spray, une irritation des yeux.

décrites ne furent généralisées que plus tard. Puis les chirurgiens se vêtirent de casaques elles-mêmes stériles et couvrirent leurs mains de gants de caoutchouc, préconisés par Halsted. L'idée lui vint par amour...

— Par amour ? Raconte-moi les amours du docteur Halsted. »

Un groupe s'était formé autour de nous, le soleil tombait sur notre hôpital, tous les infirmiers m'entouraient. Même certains parents des malades hospitalisés, délaissant les repas qu'ils préparaient dans la cour, se joignaient à notre assemblée et hochaient la tête à mon discours bien qu'ils n'y comprissent rien...

« Halsted, le grand maître de la chirurgie américaine de son temps, était un grand patron vénéré, autoritaire mais timide. Il était tombé amoureux de son instrumentiste, l'infirmière qui lui passait les instruments en salle d'opération. Elle les prenait à mains nues, après les avoir trempées dans l'acide phénique, tout comme Halsted opérait à mains nues dans le grand hôpital de Baltimore. Un jour, il observa les mains de son instrumentiste, gonflées, rouges et légèrement suintantes. Elle lui dit avec un sanglot dans la voix : “Vous voyez, je ne supporte plus la salle d'opération, il va falloir que vous me fassiez remplacer.” Elle tendait ses pauvres mains rongées par l'acide. Halsted ne dit rien sur le coup, mais se séparer d'elle lui était impossible. Il chercha comment se sortir de l'impasse. Il aurait pu lui dire : “N'opérez plus, je vous aime, restez près de moi et je vous épouse...” Mais il était timide et n'osa pas. »

Mon public, peu habitué à ces manifestations de pudeur, dans un pays où un homme puissant se doit d'avoir cinq femmes, s'esclaffait en roulant des yeux.

« Il eut alors l'idée de faire fabriquer par Charles Goodyear, premier constructeur de pneus de l'époque et expert en caoutchouc, des gants d'une extrême finesse, comme une seconde peau, moulant les mains délicates et fines de la jeune femme. Le résultat fut spectaculaire. Elle guérit en quelques semaines et put ainsi rester en salle d'opération. Halsted, fin observateur, comprit l'intérêt de cet artifice et rapidement adopta pour lui-même et pour toute son équipe les gants qu'il avait imaginés.

— Et la jeune fille ! », braillèrent en chœur mes infirmiers.

Je les toisai d'un regard circulaire, jouant du suspense que j'avais créé...

« Il l'épousa... »

Tout le monde soupira et les commentaires montèrent dans un brouhaha invraisemblable.

« Allez, au boulot maintenant ! m'écriai-je en tapant des mains.

— Elle était belle, ton histoire..., me dit Félix en s'approchant de moi.

— Merci, Félix. »

*

A peine avais-je terminé mon histoire sur les gants chirurgicaux que la voiture de Daniel pénétrait en trombe dans la cour de l'hôpital, soulevant un nuage de poussière. Daniel avait dû se bloquer sur le Klaxon, façon sirène de la police de Los Angeles. Il avait ainsi ameuté tout le village, et les gosses, sortant comme des souris des recoins de la brousse, avaient pris en chasse la Land Rover, certains de participer à un spectacle digne de la télévision des Blancs...

« Grouillez-vous. Ouvrez le bloc, je vous amène un type qui a pris une lance dans le cœur ! Appelez le chirurgien... »

Les ordres de Daniel claquaient dans les coursives de l'hôpital. Tout le monde se mobilisa d'autant plus facilement que nous étions rassemblés un instant plus tôt. En quelques minutes tout fonctionnait. Le blessé était couché sur la table d'opération. Sur son torse nu, la pointe d'un javelot dont la hampe avait été volontairement cassée pénétrait sous le mamelon droit. Cette lame était agitée par de petits mouvements saccadés...

La confirmation du diagnostic de plaie du cœur n'était donc pas difficile... Daniel n'avait pas arraché le javelot mais simplement cassé le manche. On voyait ce qui en restait pénétrer dans le thorax du blessé et s'agiter au rythme de ses battements cardiaques. Vu l'axe de pénétration, ce devait être le ventricule droit. Tant mieux, je savais faire...

« Vas-y, Tenko, tu remplis rapidement ? Il faut que tu l'intubes, car je vais faire une thoracotomie... »

Tenkodogo détestait intuber. Cette fois, il ne s'y prit pas si mal et notre blessé était correctement « techniqué » après quelques minutes d'agitation. Les électrodes pour réaliser un électrocardiogramme sommaire avaient été posées. Je fixai mes champs[1] et incisai dans l'axe de la pénétration de la pointe du javelot. Daniel avait accompagné son patient et restait au bloc pour voir comment les choses allaient se passer. Il avait mis une bavette sur son nez et restait immobile dans un coin de la salle.

Je n'avais aucune sympathie pour lui, c'était physique. Lui, il me considérait comme un débu-

1. Tissus stériles délimitant la zone opératoire.

tant qui n'avait pas sa place dans une telle mission. Dès que les exclamations de l'installation se furent calmées, un silence pesant s'installa, et on pouvait percevoir dans la salle l'électricité dont elle s'était chargée. Je ne lui avais pas demandé les circonstances de l'accident. Il ne me les avait pas données. Objectivement, à part détendre l'atmosphère, ça n'aurait pas changé grand-chose.

Pendant ce temps, j'avais fini ma thoracotomie dans l'espace intercostal et je tentais de fixer un écarteur orthopédique pour ouvrir le thorax, car il n'y avait évidemment pas de Finochietto[1] dans les boîtes de l'hôpital ! Je réclinai le poumon que l'anesthésiste continuait à ventiler, et le cœur battant dans le péricarde apparut. Je fendis largement le péricarde autour de la pénétration de la pointe. Celle-ci avait transpercé le ventricule droit sur un bon centimètre. Tout le monde se penchait par-dessus mon épaule pour assister à l'intervention. C'était la première fois qu'ils voyaient un cœur battant... Tout un monde de magie explosait à leurs yeux. Je ne m'étais pas rendu compte à quel point mes gestes étaient sacralisés par l'assemblée, à quel point je devenais le grand prêtre... Je me retournai vers l'assis-

1. L'écarteur de Finochietto est un instrument que l'on glisse entre deux côtes pour les écarter et réaliser ainsi une thoracotomie.

tance. Béatrice la pharmacienne était aussi venue, attirée par l'événement ; elle s'était déguisée d'une toque de chirurgien qui laissait passer ses cheveux blonds, et un masque posé de travers sur son nez ne parvenait pas à l'enlaidir ou la ridiculiser. Isabelle, Benjamin, Henri se tenaient également dans un des coins de la salle... Tous étaient là. C'était l'affluence, le spectacle... la corrida. Qui allait être sacrifié ?

J'aurais pu tous les virer de ma salle d'opération, au prétexte, d'ailleurs exact, que leur simple présence faisait courir un risque infectieux à notre patient...

Pourtant, recherchant avant tout le calme, je repris le plus doucement possible pour Tenko, qui gonflait le brassard du tensiomètre :

« Tenko, dis-moi la pression du malade. Remplis encore. Je vais enlever la lance. Toi, ajoutai-je à l'intention de l'infirmier censé m'aider, tu me prépares plusieurs grandes aiguillées de fil de 4/0, et montées, s'il te plaît... ! »

Le moment était lourd.

« Tout est bon, monsieur, répondit l'anesthésiste, je vous suis... »

Il m'appelait monsieur et me vouvoyait, maintenant ! L'heure était donc grave... Mais, assez curieusement, ça, la plaie du cœur, je savais faire. J'y étais plus à l'aise que dans les rates qui barraient l'abdomen ou les circoncisions rituelles... ! Je pris donc mon temps. J'assujettis mes départs de surjets de part et d'autre de la pénétration du javelot et demandai à mon aide :

« Quand je vais retirer la pointe, tu mettras ton doigt sur le cœur pour l'empêcher de saigner. »

Je voyais les gouttes de sueur perler sur son front et ce n'était pas lié à la chaleur. Mettre son doigt sur le cœur ! Allait-il le supporter ?

« Allez, on y va ! A l'attaque ! », lançai-je bravement.

Je retirai doucement le javelot. Le cœur se mit à saigner abondamment d'un sang noir. Mon infirmier frissonnait de la tête aux pieds et son index tremblait plus fort que le cœur ne battait. Il ne pouvait pas ainsi comprimer la plaie et faire l'hémostase. Je pris les choses en main, passai à la volée plusieurs points dans le muscle cardiaque, puis serrai mes nœuds. Quelques petites extrasystoles[1] qui firent frissonner le scope et l'assistance ! Moi aussi, un peu : je n'avais pas de défibrillateur interne à l'hôpital de Fada ! Mais le saignement s'était tari. La pression restait bonne...

« OK, Tenko. Tout va bien, on ferme ! »

Je perçus le relâchement de tous les spectateurs et je sentis qu'ils allaient se mettre à discu-

1. Contractions anormales du cœur.

ter et à commenter, comme autour du ring à la fin d'un match. Je criai pour couvrir le brouhaha :

« Le spectacle est fini. Tout le monde dehors, sauf ceux dont la présence est indispensable ! Gardez vos masques sur le nez, je pense que vous ne voulez pas plus que moi que ce patient s'infecte ! »

Et je commençai la fermeture du thorax. Pendant que je restais penché sur mon travail, je sentis la présence de Daniel qui s'était approché du champ de tête :

« Je ne suis pas un mec à flonflons et à compliments en tout genre, tu l'as compris. Mais là, chapeau. Je n'ai qu'un mot : royal. Tu as été royal ! »

Je n'avais rien à ajouter. Il était déjà sorti. Je sus par la suite qu'il avait fait prévenir les membres du conseil de Frères des hommes, dont l'inquiétude me concernant avait déjà été l'occasion d'échanges avec Benjamin et Daniel.

« Vous pouvez être tranquilles. Votre blancbec, il assure... »

J'étais reconnu comme un chirurgien, un vrai...

15

Henri

Il fallait un gestionnaire pour notre hôpital qui n'avait rien ou presque à compter... Mais gérer le vide, c'est déjà l'organiser ! C'est du moins ce que pensent tous les administrateurs du monde...

A Frères des hommes, on adorait les comptes, les bilans, les inventaires et les prospectives. Sur ce point-là, au moins, nous n'étions pas faits du même bois.

Henri sortait d'une grande école de commerce, il devait reprendre l'entreprise familiale qui fabriquait une liqueur célèbre depuis des temps immémoriaux. Issu de la grande bourgeoisie provinciale, il en était lui-même le prototype parfait : délicatement bien élevé dans un monde de convenances alors que Mai 68 avait plutôt favorisé les familiarités, profondément chrétien là où la religion perdait un peu plus tous les jours le contact avec ses ouailles, ancré politiquement à droite depuis des générations quand il était obscène, surtout pour un jeune, de ne pas se réclamer de la pensée de Marx.

Même à Fada, où les références formelles s'estompaient par la force des choses, il paraissait anachronique !

Henri avait entrepris de dresser une comptabilité analytique de notre activité. Ce travail ingrat était en fait (une fois ma répulsion initiale avalée !) indispensable. L'hôpital ne vivait alors que grâce à des dons, *via* l'organisation genevoise. Leur but à terme aurait été de réaliser une autogestion (le mot dans ces années-là était à la mode...) et parvenir à l'autosuffisance. Cela supposait un préalable qu'il était complètement inutile d'envisager pour l'heure : que quelqu'un payât en échange des soins fournis par l'hôpital.

« Mais ils paient bien leur sorcier ! », disait Henri, excédé par la moue dubitative de Daniel.

— Oui, mais le sorcier, ils le paient en nature et en services, et ces choses-là n'entrent pas dans tes bilans », répondait-il.

En fait, l'hôpital de Fada ne pouvait vivre que de la charité des Européens par le truchement de Frères des hommes. Sur place, on subissait les fluctuations de ces collectes de la générosité. Comme à cette gestion de tous les jours il fallait intégrer l'absence totale d'esprit prévisionnel de mes collaborateurs locaux, je pouvais très bien me retrouver du jour au lendemain sans un produit de première nécessité :

« On n'a plus de pénicilline ! », annonçait Félix.

Je me disais stupidement : il faut penser à en commander car dans quelques semaines le stock de médicament sera épuisé. Eh bien, non ! Quand Félix annonçait : « On n'a plus de pénicilline ! », cela voulait bien dire que, pour les malades du jour, il faudrait s'en passer !

Ce genre de truc, il était difficile de s'y faire ! Même après quelques sermons et un petit cours sommaire de gestion, Félix et ses petits camarades étaient incapables de faire du prévisionnel. Il disait comme Tenko :

« Oui, oui, docteur ! »

Mais le lendemain il revenait en disant avec le même sourire fataliste :

« On n'a plus de compresses ! Mais j'ai des bâtons abaisse-langue... »

Incorrigible...

Je demandais donc à Béatrice la pharmacienne de gérer les médicaments. Après tout, cela faisait partie de son métier. Qu'avais-je donc demandé ? Une tempête s'était abattue sur ma tête :

« Dis donc, chirurgien de mon cœur, la Béatrice, elle n'a pas marqué "officine" sur le front. Moi, faire l'épicière pour des cachets d'aspirine ? Tu t'es trompé d'adresse. Je suis pharmacienne, c'est vrai, mais version biologie. Je ne sais pas si tu perçois la nuance... »

Repli stratégique et prudent... Il fut donc décidé qu'Henri gérerait les approvisionnements avec Béatrice comme mentor, car de son côté il avait plutôt de grands trous, question connaissance des médicaments. Entre les mots héparine[1] et aspirine, il n'y avait pour lui que peu de différence, tout au plus une rime riche... A chacun sa poésie !

Henri était ravi. Tout ce qui pouvait le rapprocher de Béatrice était un cadeau du ciel. Béatrice accepta de s'occuper des médicaments, pour ne pas passer pour une trop mauvaise coucheuse. Mission oblige !

Le problème était donc réglé. Ce qui ne l'était pas, en revanche, c'était celui de l'approvisionnement. Après une semaine de travail, Henri prit Benjamin à part :

« Si on continue comme ça, nous mettons la clé sous la porte, faute de médicaments, de réactifs biologiques ou de consommables chirurgicaux dans moins d'un mois. Il faut que tu joignes les

1. Médicament anticoagulant.

grands chefs et qu'ils nous fassent parvenir la liste que je t'ai préparée. »

Il lui tendit une liasse tapée à la machine. Benjamin leva les yeux au ciel et, s'en retournant vers la cuisine, il appela :

« Moussa, au travail ! Il faut me joindre Genève au téléphone ! »

On savait que Moussa serait occupé jusqu'au soir tant les communications étaient hasardeuses.

*

Après ces derniers démêlés avec la gent pharmacienne, je m'octroyai une petite séance de repos que j'estimais méritée.

Il m'arrivait rarement en fait de pouvoir profiter de la petite terrasse couverte qui bordait mon bungalow. Une bonne âme y avait déposé un rocking-chair, et il était parfois possible de trouver un peu de fraîcheur à l'ombre de l'arbre aux serpents, qui comme chacun sait était chargé d'éloigner les reptiles de mon lit. L'heure qui suivait le déjeuner était encore la meilleure pour se balancer, non qu'elle fût la plus fraîche, mais elle était sans aucun doute la plus calme, quand chacun profitait de la sieste à sa façon. En revanche, personne n'aurait pu résister, quelques minutes sur cette même terrasse, à la tombée du jour, quand les moustiques et toutes sortes de bestioles du même acabit mais d'une taille gigantesque devenaient fous de rage et pouvaient transformer en moins de temps qu'il n'en faut pour l'écrire un honnête homme en une informe pustule urticante.

La situation surélevée des lieux me donnait une vue panoramique sur l'hôpital et plus particulièrement sur le pavillon de chirurgie. Et je reconnais que, loin de faire le vide dans mon esprit, la contemplation de cet hôpital dont j'avais la charge me portait souvent à réfléchir sur les malades les plus graves, actuellement en traitement, à faire en quelque sorte une petite visite digestive, tout en me balançant à l'ombre.

Je remarquais que certains jours les vautours venaient se percher sur le toit de mon pavillon chirurgical. Rien n'est plus banal qu'un vautour en Afrique. Ces gros oiseaux sont omniprésents, véritables éboueurs permanents d'un monde sans hygiène. Sans eux, l'Afrique serait vraisemblablement une immense décharge publique. Je mis quelque temps avant d'imaginer la réalité et à faire le rapport qui s'imposait : les vautours venaient se percher sur le toit du service de chirurgie quand un malade allait mal. Plus précisément encore, les volatiles se perchaient presque à la verticale du lit du malheureux moribond. Je dois avouer que cette découverte me plongea dans un état d'esprit situé quelque part entre l'horreur et l'admiration. Quel instinct infaillible pouvait pousser ces horribles bestioles à sentir la mort avec une telle précision et se comporter comme les baromètres du pronostic médical ?

Il me fallait cependant m'assurer de la réalité du phénomène. On est scientifique ou on ne l'est pas ! Je tentai une véritable étude randomisée[1] en double aveugle. Chaque fois que les vautours se perchaient au-dessus d'un de mes patients, je notais la maladie et consignais l'évolution. Je décidai également de noter les malades qui n'allaient pas bien ou qui allaient mourir sans intéresser les vautours. Au bout d'un mois les résultats de mes statistiques étaient formels :

– nombre de patients vautours positifs, évolution négative (décès) : 10, soit 100 % ;

– nombre de patients vautours négatifs, évolution négative : 0 ;

– nombre de patients vautours positifs, évolution positive (guérison) : 0 ;

– nombre de patients vautours négatifs, évolution positive : 100 %.

Ce qui me donnait un taux de sélectivité et de prédictibilité à 100 %.

1. Aléatoire.

La conclusion de ce seul travail scientifique mené à la « faculté de médecine de Fada N'Gourma » fut mon empressement à me déplacer vers l'hôpital chaque fois que les charognards s'approchaient un peu trop de mes malades. Malgré mes efforts, je dois avouer qu'il ne me fut jamais possible de renverser l'évolution d'un patient que les vautours avaient condamné. Je vérifiais également que chasser les vautours du toit n'améliorait pas l'état du malade. Mais le contraire m'aurait, même ici, sidéré.

16

L'excision

Ce soir-là, j'étais épuisé. La journée avait été dure et elle m'avait semblé plus chaude qu'à l'ordinaire. La nuit était tombée sans apporter la fraîcheur attendue. Youssef était devant sa case, droit comme un « i » et parfaitement immobile. J'avais déjà compris que la meilleure façon de lutter contre la chaleur était en effet de ne pas bouger. Cette attitude n'avait donc aucune signification quant à son état psychologique. Je m'assis à côté de lui et, comme d'habitude, il ne cilla pas.

Après quelques minutes de silence, il me demanda :

« La journée a été longue, docteur ? »

A quel détail avait-il pu sentir mon épuisement ? Mon pas plus traînant, ma façon de me laisser choir sur le tabouret à ses côtés, ma respiration plus ample ou plus rapide... ?

« Très dure, oui, et la nuit d'avant aussi. Encore des périnées complets chez deux jeunes femmes qui viennent d'accoucher. Des primipares... J'ai fait ce que j'ai pu mais je crains que ça n'évolue encore vers une fistule. Ce sont ces foutues excisions, tu comprends. Les filles font des brides cicatricielles épouvantables, et quand elles poussent pour leur premier accouchement elles se déchirent le périnée, malgré les épisiotomies de compétition[1] que je fais... »

Youssef gardait les yeux clos. Il comprenait bien la critique sous-jacente à mon discours. Il savait que je réprouvais l'excision. Nous ne pouvions pas ne pas en parler un jour. Et pourtant ce soir de longue peine ne me semblait pas le meilleur moment pour discuter avec lui ce grand problème de l'Afrique noire : l'excision du clitoris des fillettes. Cette pratique traditionnelle, très courante, était effectuée par de vieilles femmes du village, qui arrachaient véritablement le clitoris des petites filles à l'aide d'un simple couteau, sans aucune précaution d'asepsie et, bien entendu, sans anesthésie. Dans la meilleure des hypothèses, il se produisait dans les mois suivants

1. L'épisiotomie est une incision faite par l'accoucheur depuis la fourchette vulvaire vers la cuisse (je la faisais à droite parce que je suis droitier !). Son but est d'éviter la déchirure du périnée lors de la mise en tension de la vulve pendant l'accouchement.

une cicatrisation hypertrophique, barrant le périnée antérieur. On imagine en frissonnant ce qu'est la vie sexuelle des Africaines entre la douleur entraînée par cette cicatrice, l'absence de jouissance clitoridienne et le drame du premier accouchement quand la cicatrice barre la dilatation vaginale. Comme s'il avait suivi le cheminement de ma pensée, Youssef murmura doucement :

« Il faut bien qu'on leur enlève le principe mâle, si elles veulent avoir des enfants un jour. »

Et, après un silence, il ajouta en haussant discrètement les épaules, se parlant comme à lui-même :

« Les femmes sont tout de même faites pour avoir des enfants... »

*

Dans les semaines qui suivirent, je pus mettre en pratique mes conversations avec le marabout... On m'avait annoncé la visite en consultation de deux filles diplômées qui revenaient de Paris où elles avaient suivi des cours à la Sorbonne. L'effet d'annonce, qui ressemblait à la reconnaissance triomphante de ma réputation de « grand docteur », était justifié de la part de mon infirmier tant ma consultation évoquait le plus souvent une cour des miracles où les pauvres du Sahel venaient exhiber leur misère.

Les « filles », terme signifiant qu'elles n'étaient pas encore mariées bien qu'elles en eussent largement dépassé l'âge, avaient même demandé à me rencontrer à une heure précise, ce qui plongeait le personnel de la consultation dans des abîmes de réflexion, car la notion de « rendez-vous » n'avait aucun sens pour mes malades habituels qui s'asseyaient devant la porte de mon bureau jusqu'à ce que vienne leur tour, même si celui-ci devait avoir lieu le lendemain ou le surlendemain. Il m'arrivait souvent le soir d'enjamber des patients non vus dans l'après-midi qui prenaient leurs dispositions pour passer la nuit sur la coursive.

Les deux jeunes femmes qui voulaient me consulter venaient spécialement de la capitale, informées par l'écho de la brousse de ma présence à Fada :

« Nous voulons l'avis d'un médecin européen... »

Il était exact qu'elles ne pouvaient en aucun cas être confondues avec mes patients habituels : elles portaient d'élégants tailleurs qui sentaient le faubourg Saint-Honoré ou la rue de Sèvres, des chaussures vernies à talons et des collants malgré la chaleur. L'une des deux s'était fait décrêper les cheveux et dresser un catogan très mode.

« Nous avons obtenu une licence de lettres modernes à Paris et nous revenons au pays pour nous marier... »

Je ne comprenais pas encore en quoi j'allais pouvoir intervenir. J'avais remarqué qu'un chauffeur les attendait dans la cour de l'hôpital, au volant d'une splendide Mercedes bleu marine. Il n'avait pas coupé les gaz et conservait les vitres closes, pour maintenir le conditionnement de la voiture, luxe invraisemblable en ce lieu.

« Nos fiancés nous attendent depuis longtemps, nous sommes parties en métropole quand nous étions petites filles et nous avons été élevées chez les sœurs trinitaires. »

Devant mon air interrogateur, elles me précisèrent :

« Dans notre pays, comme vous le savez sans doute, docteur, les fiancés sont choisis par les familles alors que nous sommes encore enfants. Les mariages se font habituellement beaucoup plus tôt qu'en France, et comme les garçons que nous devons épouser ne sont pas venus étudier à Paris, ils ont dû attendre notre retour... »

Je les voyais toutes les deux belles et élégantes, de familles manifestement riches, épousant sans doute des hommes influents, occupant de hautes positions dans la nouvelle administration voltaïque, comme la Mercedes en faisait foi... Je ne parvenais pas à discerner les raisons de la visite au médecin, surtout cette visite conjointe pour un problème manifestement commun. Je décidai d'entrer dans le vif du sujet :

« Pour quelles raisons venez-vous me consulter ? »

Elles étaient gênées et ne savaient pas comment le dire. La jeune femme au catogan se jeta à l'eau :

« Docteur, nous ne sommes pas excisées ! »

L'autre reprit :

« Sans l'excision, nous ne pouvons pas nous marier, car nos futurs époux ne voudraient pas de nous ! »

Malgré leur formation française, l'accent persistait. Dans sa rondeur, il ne parvenait pas à atténuer l'expression du désarroi intense de ces femmes. J'étais interloqué :

« Mais vous souhaitez réellement être excisées ? »

Elles roulaient des yeux et se tordaient les mains :

« Docteur, il faut que vous nous fassiez l'opération. Nous ne voulons pas être triturées par les vieilles femmes de notre village. On connaît les dangers !

— Même si je le voulais, je n'en ai pas le droit. Tout ceci est illégal au regard de la loi française...

— Mais ici, vous êtes en Haute-Volta. Vous n'êtes plus en France. La loi ne s'y oppose pas. »

J'essayai d'expliquer que je restais médecin français, même en Haute-Volta, que j'étais ici pour soigner et non pour participer à des coutumes rituelles dont je réprouvais l'esprit et les conséquences médicales. Je leur parlai de la disparition du plaisir sexuel, du risque de rupture complète du périnée lors de l'accouchement, de la mutilation...

« La médecine n'est pas faite pour mutiler.

— On sait tout cela, docteur, mais, si vous ne nous opérez pas, nous serons obligées d'aller le faire ailleurs, sans asepsie, sans votre technique... Nous vous paierons bien. D'ailleurs, vous faites bien des circoncisions. Nous le savons. (J'appréciai au passage l'efficacité des tambours de brousse !) Pourquoi nous, les femmes d'Afrique, serions-nous toujours sacrifiées ? »

A bout d'arguments, elles repartirent dans la belle Mercedes climatisée qui me les avait amenées. Bien que sûr de mon bon droit, je me sentais quelque peu coupable de non-assistance à femmes en péril, et c'est un peu penaud que j'exposai, le soir au dîner, mon entrevue à mes collègues.

Les femmes réagirent immédiatement. Béatrice enfourchait un de ses chevaux de bataille :

« Il faut lutter contre ces horreurs. Tu dois dénoncer ces mecs abjects et rétrogrades qui veulent mutiler leurs épouses. On va faire un rapport à l'OMS... »

Isabelle était plus partagée :

« Tout de même, ces pauvres filles, il faut faire quelque chose. A leur âge, elles vont mal supporter, ça va être une catastrophe. »

Les garçons ne prenaient pas part au débat. Après quelques minutes, Daniel l'Africain se lança, un mauvais sourire au coin des lèvres :

« En Somalie, dans le territoire des Afars et des Issas, les petites filles sont cousues. Pendant l'excision, les vieilles femmes avivent les grandes lèvres et les rapprochent avec des points pour qu'elles cicatrisent et se ferment. Elles mettent une crotte de chameau à la partie postérieure de la fourchette pour laisser l'urine et les règles s'écouler. Quand la fille est vendue à un homme souvent beaucoup plus vieux qu'elle, le gendre reçoit du père un petit couteau qui doit permettre de fendre la promise, sorte de sésame portant témoignage de la virginité de l'achat.

— Mais c'est abject ! s'exclama Béatrice, retournée...

— Il y a pourtant une moralité, poursuivit Daniel. Si l'homme ne peut empêcher la plaie de se refermer par ses assauts répétés, prouvant ainsi sa vigueur et sa virilité, la fille revient à son père qui conserve la dot. Ainsi, l'équilibre se trouve respecté entre droit et devoir, ce qui est l'idéal de toute vie en société... »

Daniel était ravi de son effet. Les femmes hurlaient à l'horreur de ses propos. Je me renversai dans mon fauteuil en rotin, le nez dans les étoiles, aspirant à fond sur ma cigarette, persuadé enfin comme Pangloss que je vivais dans le meilleur des mondes.

17

Les hommes-léopards

C'était Daniel, un jour qu'il était en verve (ce qui lui arrivait !), qui m'expliqua la terrible destinée des hommes-léopards...

Le léopard est un solitaire qui sait allier mystère, souplesse et puissance. L'Afrique le vénère comme un dieu. Ses griffes coupantes comme des rasoirs lui permettent toutes les fantaisies : grimper aux arbres, stopper des buffles en plein élan, déchirer des proies. C'est un magnifique sportif, une boule de muscles ramassée et déliée à la fois, dont les yeux jaunes brillent dans la nuit au moindre reflet de la lune. Il chasse seul, tue des proies deux fois plus grosses que lui, les hisse au sommet des arbres où il s'en délecte à l'abri de la convoitise des hyènes. Ce seigneur de la guerre peut devenir malandrin et s'immiscer dans les faubourgs des grandes villes pour renverser les poubelles ou dévorer les chiens, et ce côté canaille, loin de le déprécier, le rend éminemment sympathique.

En principe, il ne s'attaque pas à l'homme, ou alors seulement aux enfants ou aux malades. L'homme adulte lui fait peur – comme il fait d'ailleurs peur à tous les animaux, sauf bien sûr s'il s'agit d'un animal magique. Or magique parmi les magiques est le léopard !

Cette nuit-là, dans un village des alentours de Fada, on avait découvert un cadavre totalement méconnaissable car horriblement déchiré par les griffes d'un fauve. On m'avait à tout hasard demandé mon avis, comme si le chirurgien blanc pouvait avoir une recette, elle aussi magique, pour ressusciter la victime.

« Ce sont les hommes-léopards ! », avaient immédiatement clamé les villageois.

On m'expliqua que les hommes-léopards tuaient et déchiraient leur victime pour obéir aux fureurs des esprits qui les possédaient. Mais ils abandonnaient les cadavres sur place et ne les dévoraient pas, laissant les vautours faire le reste. Ces léopards humains étaient possédés par l'esprit du fauve lui-même, mais les méandres qui les conduisaient à cet état étaient à la fois complexes et mystérieux. La nuit, l'homme-léopard revêtait une tunique et une cagoule faites de la fourrure de l'animal. Des griffes de fer montées sur des manches de bois complétaient cette panoplie et constituaient des armes farouches. Alors, quand la nuit était profonde, l'homme-léopard se mettait en branle à la recherche de ses victimes. Quelle vengeance accomplissait le possédé ? Quel malfaisant esprit de la brousse lui dictait ses crimes ?

Certains pensaient plutôt que seuls de pauvres esprits faibles et égarés cherchaient sous le déguisement magique l'avènement d'une puissance qui les ignorait. D'autres ajoutaient même que les larcins perpétrés sous la fourrure ne permettaient qu'à peine la survie des petites bandes qui se masquaient ainsi pour échapper à la vindicte des villages. Mais, à Fada, tout le monde connaissait les hommes-léopards : c'était Abdou, cette âme perdue, et sa bande de voyous... De temps en temps, un vol commis la nuit leur était attribué, plus rarement le meurtre d'un mendiant égaré, comme vraisemblablement le cadavre de la nuit précédente. Mais toutes les maquerelles de Fada savaient que, au fond, le pauvre Abdou se déguisait à la pleine lune pour tenter de retrouver la force de l'animal magique.

Il était bien obligé de se transformer pour donner l'illusion d'une force qui animerait ses pauvres nuits, puisqu'il restait impuissant dans un monde de virilité...

18

Mots de tête

Daniel était reparti en brousse pour un temps indéterminé. En franchissant la porte de l'hôpital, il m'avait même adressé un signe qu'on aurait pu interpréter comme amical !

Je devais donc m'imaginer intégré dans cet hôpital, adoubé par celui qui en était le véritable suzerain, malgré les apparences hiérarchiques...

Je pris le chemin de la concession de mon marabout favori, plus par habitude que par réelle envie.

Ce soir-là, Youssef cuvait doucement son dolo, assis droit sur son tabouret à l'entrée de la pièce principale de sa concession. Il reluquait, paupières plissées, ses femmes qui préparaient le repas du soir ou revenaient des champs. Les enfants piaillaient autour du feu. Je m'assis sans bruit près de lui et me servis un verre sans demander son autorisation (je finissais par m'habituer au goût de ce breuvage que je trouvais infect quelques mois auparavant…). Nous gardâmes ainsi le silence, pendant un bon moment, nous pénétrant de la nuit qui tombait, de la vie qui se réveillait, des bruits de la brousse qui se mettait en chasse.

« On dit que ta médecine est un art. Et toi, es-tu un artiste ? »

Youssef, comme à son habitude, ouvrait nos discussions de façon brutale.

« J'aimerais tant être un artiste. Les gens nous parlent encore de notre "art", surtout pour les chirurgiens. Cela fait allusion à cette qualité que possèdent certains, qui permet de bondir sur le bon diagnostic et de prescrire le traitement efficace comme s'il jaillissait de leur cerveau à la manière d'une peinture de Michel-Ange. »

Youssef plissa le front. Il ne connaissait vraisemblablement pas Michel-Ange, mais ne fit aucun commentaire inutile sur ma pédanterie.

« Mais en fait il n'y a rien d'artistique dans ce talent, il n'y a que du travail et de l'expérience. La médecine devient scientifique et se base de plus en plus sur des résultats objectifs. Ceux qu'on imaginait hier des artistes sont devenus des savants. Si l'on peut parler d'un art, ce n'est plus que celui de soigner les maladies au sens général, ce qui ne donne d'ailleurs pas toujours le pouvoir de guérir, tu le sais bien. Rien à voir avec les "vrais" artistes. Ceux qui savent créer un monde nouveau. Nous, les docteurs, nous ne pouvons espérer que le talent, le talent du médecin. Qui consiste à observer les signes, à réaliser les associations, à générer des synthèses et appliquer le plus souvent (inventer rarement) le traitement le plus efficace, parfois le plus brillant. La médecine que je fais n'est donc pas un art, car beaucoup trop dépendante des exigences du réel et sanctionnée par un résultat relativement peu soumis à l'appréciation subjective : guéri, inchangé, aggravé. Un de mes patrons à Paris me disait : "L'essentiel en médecine, c'est d'éviter de tuer le malade, si possible de ne pas l'aggraver et éventuellement, si l'on peut, de lui rendre service !" C'est un peu décevant, non ?

— Alors, puisque tu n'es pas un artiste, tu es un savant ? », relança le marabout.

Youssef, apparemment sans en être conscient, pratiquait une sorte de maïeutique à la Socrate.

« Pas trop non plus. La médecine que nous faisons ici, celle de tous les jours, n'est qu'assez peu de la science : elle se construit à partir d'observations donc de signes. Ces signes qu'on rassemble et qu'on compare à notre bibliothèque interne de collectionneur de maladies ! Elle énumère également de nombreuses formes cliniques différentes pour un même mal, révélant ainsi son incapacité à trouver des règles absolues devant la diversité du réel. Et encore, ces signes n'ont de signification que dans un contexte précis. Ils ne sont plus tout à fait les mêmes en Afrique et à Paris. Quant à la découverte, au sens de découverte scientifique, même si elle existe en elle-même, elle ne peut s'exprimer en médecine par la seule démonstration comme en mathématiques, car elle nécessite le consensus de la communauté des praticiens pour être reconnue et exister.

— Alors à quoi servent tous tes dosages, toutes tes machines, s'ils ne t'apportent pas la connaissance de ce qui va se passer chez celui qui vient te consulter ?

— Ça, c'est l'effort pour tenter de devenir objectif. La médecine des Blancs, comme tu dis, s'appuie sur les données de la physique et de la chimie, et sur toutes les technologies les plus sophistiquées, pour découvrir les mécanismes les plus intimes du vivant; elle est objective et se base sur la recherche : il ne s'agit plus de mirer les urines mais d'en doser les composants...

— Tu ne réponds pas à mes questions, petit docteur, parce que ta médecine n'y répond pas. Tu ne sais même pas si tu es un artiste ou un savant et tu t'embrouilles toi-même dans tes démonstrations. En fait, tu fais semblant de ne pas comprendre ce que tes malades veulent vraiment savoir. Parce que, au fond, ce n'est pas tant ce dont ils souffrent qui les intéresse, ils veulent que tu leur dises ce qu'ils vont devenir... »

Youssef avait raison. Depuis la nuit des temps, les hommes n'étaient obnubilés que par l'oracle, la parole des médecins-prêtres qui annonçaient la « prognose » par tous les moyens : le vol des oiseaux, les entrailles des animaux sacrifiés ou les taches sur les papiers pliés.

« Tu sais bien qu'on ne peut pas savoir avec certitude ce qui va advenir d'une personne donnée. On établit le risque pour une population qu'on a étudiée et on arrive à connaître une probabilité pour que l'évolution d'un mal se fasse dans tel sens ou son contraire. Tout notre savoir moderne est fait d'une incertitude contrôlée.

— C'est bien ce que je pensais, dit Youssef. Tu as perdu la magie des artistes... C'est tellement dommage, petit docteur, c'est tellement dommage pour tes malades. »

*

Comme je rejoignais mes collègues pour le dîner, je fus accueilli par un vaste chahut. Ils s'étaient tous déguisés en Africains de pacotille, avec pagnes, masques et plumes, et dansèrent autour de moi une sarabande accompagnée du tam-tam de Moussa.

« Vive le petit barbier blanc, qui revient une fois de plus d'écouter son maître, le grand sorcier noir ! »

Mes visites quasi quotidiennes à Youssef étaient largement commentées en mon absence. Benjamin, très imbu de son rôle de chef de l'hôpital, s'en était ouvert avec un sérieux tout calviniste, me prenant à part :

« Tu ne devrais pas aller voir ce diable de marabout. Les gens du village commencent à le savoir et à se poser des questions. On doit maintenir notre prestige et la confiance que l'on inspire. Nous représentons une médecine différente qui ne peut entrer en comparaison avec celle de ce sorcier. »

Au fond, il pensait : « Nous représentons une autre culture, celle des dominants, celle des savants qui apportent les lumières. Nous ne pouvons pas nous mêler aux sauvages, même si nous leur voulons du bien... » Je reprochais à Benjamin d'avoir gardé, sans même en être conscient, l'esprit d'un colon. Je ne discutai pas avec lui et fis semblant de l'approuver. Mais je ne promis rien et restai bien décidé de n'en faire qu'à ma tête. Je trouvais d'ailleurs les remarques de Youssef, dans l'ensemble, plus intéressantes et plus enrichissantes que celles de notre groupe de médecins européens. On était en Afrique, quand même ! Il fallait bien s'en imprégner. C'était le message que m'avait laissé Paul, mon prédécesseur.

Quand ils se furent calmés, nous passâmes à table. Les questions fusèrent :

« Mais qu'est-ce qu'il peut bien te raconter, ventre Dieu, pour que tu l'écoutes comme un disciple ? », tonitrua Daniel.

Henri leva les sourcils devant le juron du Belge. Henri était le seul catholique pratiquant du groupe et détestait ce genre de plaisanterie en sa présence.

« Ce soir, répondis-je, il m'a demandé pourquoi j'étais venu soigner les Nègres. Je reprends ses termes. Il m'a demandé si je recevais beaucoup d'argent et s'il était plus rentable pour moi de venir en Afrique ou bien de rester soigner les gens à Paris.

— Ah, la vieille crapule intéressée. Ce qui lui plaît à lui, c'est l'argent ! vociféra Benjamin. Que lui as-tu répondu ?

— La vérité : que nous sommes tous bénévoles et que nous venons ici parce qu'il y a un besoin et que nous pensons que c'est normal de faire profiter des gens démunis des médicaments et des soins... Que cela fait partie de notre conception d'un devoir envers l'humanité. Il m'a alors répliqué que personne n'était bénévole et que, si ce n'était pas pour l'argent, je faisais cela pour obtenir une gratification morale ou professionnelle. Il m'a aussi demandé si je n'avais pas un chagrin d'amour et si je ne cherchais pas à oublier en Afrique une femme qui m'aurait largué en France. Il a aussi envisagé un gros péché qui pesait sur ma tête et qui m'obligeait à chercher une réparation agréable à mon Dieu. Avait-il tort ? Chacun d'entre nous ne s'inscrit-il pas dans une de ces hypothèses ? »

Nous restâmes un moment silencieux. Chacun pensant aux raisons profondes qui l'avaient conduit ici. Je cherchais à les deviner. Pour Henri, c'était la foi. Un petit côté père de Foucauld. Pour Béatrice, c'était la fuite. Laquelle ? Celle d'un homme, d'une femme, d'un milieu, d'une idée ou d'elle-même ? Pour Benjamin, c'était l'ambition professionnelle, il voulait devenir médecin de l'OMS et cette expérience de chef de centre ferait bien dans son *curriculum vitæ*. Isabelle, c'était simple, elle l'avait suivi avec ses enfants, sans discuter, comme une bonne petite épouse suisse. Daniel, c'était l'aventure. Un côté Tintin reporter. Et moi, pourquoi étais-je ici ? Je rompis doucement le silence de mes collègues, plongés un moment dans leur vérité profonde :

« Pas si con, mon sorcier ! »

*

Après cet épisode, sentant la montée d'une migraine dont j'avais le secret et qui savait résister à tous les antalgiques habituels, je retrouvai la solitude de mon bungalow et le fauteuil à bascule de la terrasse. J'étais vraiment un infirme de ces maux de tête.

« Maux de tête... ! Vous voulez dire : "Mots de tête" ? », aurait suggéré Lacan de sa petite voix douce.

Lacan, dont j'avais fréquenté assidûment les séminaires, relayé dans mon esprit par Agnès, mon amie psychiatre que j'avais laissée à Paris et qui me manquait si cruellement dans ces moments de détresse. Le Quartier latin et les événements de Mai 68, tous ces mots que nous avions prononcés et qui, je le devinais, n'étaient pas étrangers à ma présence aujourd'hui en Afrique et à mes problèmes. Mais il est vrai que Mai 68 fut un déluge de mots...

On aurait pu appeler cette révolution « le mouvement de la parole ». Chacun s'était senti un droit à dire, comme si ce droit lui avait été confisqué depuis longtemps. Et les étudiants ne furent pas les seuls à éprouver ce besoin. Les ouvriers, les ménagères, même les militaires voulurent parler en 1968. Sur les murs de Paris, le graffiti, archétype du langage populaire, ou l'affiche sauvage se répandirent à grande vitesse, et chacun put enfin exprimer sa philosophie d'une ère nouvelle : « L'imagination au pouvoir », « Il est interdit d'interdire », « Le rêve est réalité »...

Chacun assistait stupéfait à cette débauche de langage révolutionnaire, agnostique, anarchiste ou seulement surréaliste : « L'art, c'est de la merde », « L'ennui est contre-révolutionnaire », « Le droit de vivre ne se mendie pas, il se prend ! », « La nature n'a fait ni serviteurs ni maîtres, je ne veux donner ni recevoir d'ordres », « Un bon maître, nous en aurons un dès que chacun sera le sien », « Quand j'entends le mot culture, je sors mes CRS ».

Et puis ces cris sortis d'un certain désespoir, qui allaient en fait laisser des traces. Mots qui explosaient aujourd'hui, mais qui, une fois lâchés, malgré les retours de l'opinion, allaient laisser leur message dans les vaisseaux sanguins d'une société qui en serait marquée pendant des années : « Métro, boulot, dodo », « Pourvu qu'ils nous laissent le temps... », « Déjà dix jours de bonheur », « A bas l'Etat », « Ceux qui font les révolutions à moitié ne font que se creuser un tombeau », « Parlez à vos voisins ! », « Un homme n'est pas stupide ou intelligent, il est libre ou il n'est pas ».

On faisait même appel aux grands Anciens (culture désoblige !) : « Je me propose d'agiter et d'inquiéter les gens. Je ne vends pas le pain mais la levure » (Unamuno), « Le combat est père de toute chose » (Héraclite), « Amnistie : acte par lequel les souverains pardonnent le plus souvent les injustices qu'ils ont commises » (Ambrose Bierce), « Dans la révolution, il y a deux sortes de gens : ceux qui la font, et ceux qui en profitent » (Napoléon)...

Et aussi, heureusement, revigorant, l'humour qui se plaquait avec bonheur sur les murs de Paris :

« Veuillez laisser le parti communiste aussi net en en sortant que vous voudriez le trouver en y entrant », « Je suis marxiste tendance Groucho », « Soyez réalistes, demandez l'impossible ».

Alors on a parlé ; on s'est parlé.

Et cette extraordinaire logorrhée fut en elle-même une révolution.

Durant cette période, les ventes de livres ont augmenté en France de 40 %. Les gens sont sortis de chez eux, certains ont parlé d'eux-mêmes pour la première fois, certains ont ouvert un bouquin, là aussi pour la première fois. Le mélange des classes n'a évidemment pas eu lieu, sinon dans la parole, mais cela a déjà été énorme pour beaucoup.

Agnès était alors aux anges. Je me souvenais d'elle en 68, d'elle et de ses collègues psy qu'elle avait entraînés pour se vautrer dans ces discours fumeux, brillants ou pathétiques, pseudo-révolutionnaires, comme un hippopotame dans un marigot fumant au soleil. Mieux, les psy avaient l'impression de voir éclore de nouvelles expressions jaillies du pavé, exprimant de façon originale un mal-être général. Et, avec le recul, je pense qu'ils n'avaient pas tort.

« La barricade ferme la rue mais ouvre la voie. »

Génie de la formule...

C'était le temps des idoles. Les idoles étaient le Che pour la frange romantique des étudiants (et surtout des étudiantes qui tapissaient le mur de leur chambre de posters géants de la belle gueule du « Comandante ») et Mao pour la tendance pragmatique des intellectuels révolutionnaires, option *Petit Livre rouge...* Ce petit livre était brandi en permanence entre deux séances de poings levés ; le texte en était parfois cité (rarement en fait, tant les sentences rassemblées étaient ineptes ou totalement incompréhensibles). Mais la seule présence de mots imprimés dans le précieux fascicule semblait tenir lieu de doctrine...

La tête toujours casquée par mes « mots de tête », je venais de me réveiller dans mon rocking-chair, sur la terrasse de l'hôpital de Fada, un peu éberlué de ne pas retrouver monômes et barricades du Quartier latin. Toutes ces paroles qui tambourinaient dans ma boîte crânienne n'avaient pourtant plus aucun sens ici. Non, j'étais bien en Afrique ; en fait de tambours, les tam-tams se répondaient dans la nuit, entraient en résonance avec ceux de mon crâne, racontant l'histoire du petit docteur blanc qui avait encore parlé des maux et des mots avec Youssef le grand marabout, griot respecté de tous...

19

Le marché de Fada

Le lendemain, je me réveillai très tôt, la tête libre de son étau de migraine. Revenu à moi, je pensai (sans doute avec justesse) que le dolo de Youssef n'était peut-être pas totalement étranger à mon épisode « mots de tête ».

On était samedi matin et ce samedi-là était jour de marché. Pas d'opération en vue dans la matinée. Je décidai de profiter du répit pour me fondre dans la foule chatoyante des ménagères qui marchandaient à grand renfort de gestes et de cris. En fait, je ne pensais pas réellement « me fondre » dans cette population, où mon short et ma chemisette blanche contrastaient tant avec le chatoiement des boubous de batik coloré. Mais ma présence, déjà ancienne, était connue de tous sur ce marché, on me dévisageait moins, on ne me suivait plus, on m'avalait plutôt comme si j'appartenais quelque peu au village, présence tolérée, rassurante, à qui l'on pardonnait en riant l'invraisemblable anachronisme.

On ne peut décrire correctement un marché africain en faisant abstraction des odeurs. Riches, puissantes, variées, où la senteur de charogne alterne en quelques mètres de promenade avec les parfums des herbes et des bois. Et puis l'odeur forte de ces corps d'hommes et de femmes qui se croisent, se touchent et s'éloignent. Les femmes du village ne se lavaient jamais les cheveux. Dès le plus jeune âge, elles les montaient en un chignon qu'elles commençaient à fixer à l'aide de lourdes pièces de monnaie d'argent. Les petites filles n'en portaient que quelques-unes, puis, au fil du temps, leur tête s'alourdissait pour devenir, chez les mères de famille aisée, un véritable casque scintillant de larges pièces, tintinnabulant pendant la marche. Sur le plan esthétique, je dois reconnaître que l'effet était splendide, confortant l'attitude naturellement droite et noble de celles qui portent à longueur d'année de lourds fardeaux sur la tête. Elles m'apparaissaient comme des déesses antiques, limitant leurs mouvements de tête à quelques poses sacrées.

Les Gourmantché représentaient l'ethnie dominante dans le village. Les femmes étaient souvent petites et un peu boulottes, bien que leurs traits fussent assez fins. Agriculteur, homme massif de la terre aride, le paysan gourmantché vouait une haine viscérale aux Peuhls, grands bergers nomades venus du nord, dont les troupeaux pillaient et détruisaient sans vergogne leurs maigres cultures. Sur ce marché pourtant, les deux ethnies cohabitaient sans animosité apparente.

Un personnage me fascinait en ces lieux : c'était le marchand d'idées.

Le bonhomme, assez jeune, portait un chapeau haut de forme et un frac de drap noir sur son corps nu. Debout sur la caisse en bois du parfait bateleur, il vendait des idées – ou plutôt des conseils – en tout genre à ceux qui lui donnaient une pièce. Quel que fût le domaine, son imagination ne semblait pas pouvoir faillir. Il donnait des idées aux cultivateurs pour améliorer la récolte, aux femmes pour s'attirer l'amour de celui qu'elles convoitaient et aux chefs de famille pour faire respecter leur autorité. Je m'approchai, mon obole à la main :

« Je voudrais une idée pour soigner ceux qui ont reçu un mauvais sort, lui demandai-je sérieusement.

— Deviens marabout et apprends d'abord à jeter les mauvais sorts ! me répondit-il du tac au tac.

— Tu sais bien que c'est impossible. Dis-moi au moins comment reconnaître celui qui est malade des esprits.

— Ça, c'est une autre idée », dit-il en tendant la main.

J'allongeai une autre pièce « pour voir », comme au poker...

« Demande au marabout, lui saura te répondre. »

Et il éclata de rire, de ce grand rire africain qui décoiffe, coupant ainsi toute envie de répondre à son satané culot !

Plus loin dans le marché, j'avisai alors deux petites filles peuhles, au teint clair, à la taille élancée, qui discutaient avec un vendeur de bimbeloterie. La lutte semblait âpre pour marchander un petit miroir rond, mesurant quelques centimètres de diamètre. Les gamines n'avaient manifestement que quelques sous à offrir et le marchand espérait tirer meilleur parti de son trésor. Le rusé savait qu'il fallait tenir bon et qu'une femme, même une graine de femme, trouverait toujours les moyens pour assouvir son désir de beauté. Les filles savaient, de leur côté, qu'un marchand en Afrique ne laisse jamais passer une affaire quand il tient un client, et que le reste n'était plus qu'une question de temps et de patience.

Pourquoi ai-je voulu interrompre l'ancestral manège ? J'offris le petit miroir aux deux jeunes filles, sans trop discuter avec le vendeur. Elles ne comprirent pas, tout d'abord, ce qui leur arrivait. Mais, comme je partais sans attendre leurs remerciements, elles me suivirent en riant. Je poursuivis donc ma promenade sur le marché, flanqué, quelques pas derrière moi, des deux gamines qui pouffaient en faisant des mimiques dès que je me retournais.

Comme je regagnais l'hôpital, les filles me suivaient toujours. Je pensais m'en débarrasser en leur donnant des bonbons que j'avais conservés dans mon bungalow. Après quelques hésitations, elles acceptèrent d'entrer. Je les laissai dans la pièce principale pendant que je cherchais dans la chambre la valise où je gardais les friandises.

Je revins sans faire de bruit, les petites ne m'avaient pas entendu, et je pus assister à une scène étrange. Elles se tenaient devant la grande glace en pied de mon bungalow et, tantôt sérieuses, tantôt amusées, elles découvraient manifestement pour la première fois la totalité de leur image. J'observai leur jeu. Elles approchaient la main du reflet de leur visage, comme pour le toucher, puis se reculaient en riant, s'amusant de leur propre rire. L'une d'entre elles tenta même de voir s'il n'existait pas quelque chose ou quelqu'un de l'autre côté du miroir, en essayant, sans y parvenir, de faire le tour du mur sur lequel il était fixé.

Il n'y a pas de miroir dans la brousse. L'eau du

marigot n'est pas assez claire pour qu'on puisse s'y admirer, le cul des marmites n'est pas assez frotté pour laisser deviner autre chose que son ombre. La brousse est anonyme pour sa propre image. Obtenir du marchand ce petit miroir rond avait beaucoup plus de valeur et de signification que je ne l'avais pensé de prime abord.

Quand elles s'aperçurent de ma présence, elles se figèrent, comme si j'avais surpris leur nudité, comme si je les avais violées dans quelque chose d'intime et de profond. Elles s'enfuirent en courant, me laissant, stupide et vaguement coupable, serrant mon sac de bonbons dans la main.

*

La boutique du Chinois.

Dans la boutique du Chinois, on trouvait tout ce qui manquait à Fada. Le Chinois et sa famille avaient construit leur magasin en pleine brousse, à dix kilomètres du village. On sait les Chinois les meilleurs commerçants du monde, on les sait également installés sur les quatre continents, s'activant du lever du jour au coucher du soleil, du plus petit jusqu'au plus grand, du moussaillon au commandant...

J'avais besoin d'une pellicule photographique,

ce qui n'est pas particulièrement un article d'exception mais qu'on ne trouvait cependant pas sur le marché de Fada. Moussa me dit :

« Je vais te conduire chez le Chinois, tu y trouveras ce que tu cherches. »

Nous y fûmes en un tour de Peugeot et le petit magasin fut visible de loin, en bordure de la piste qui conduisait au Dahomey, flanqué d'une pompe à essence à l'ancienne, où l'on faisait monter à la main le précieux liquide dans un bocal en verre, avant de le laisser descendre dans le réservoir des autos. Tel qu'il apparaissait ainsi dans un décor de Sahel version Sahara où seuls quelques arbustes rabougris ponctuaient la platitude de la terre jaune, construit de bois et de tôle ondulée, écrasé de soleil, sans qu'aucune ombre bienfaitrice semblât apporter un soupçon de fraîcheur, le petit bâtiment du Chinois ne paraissait pas inventé pour attirer le chaland. Pourtant, plusieurs voitures stationnaient aux alentours et la boutique se révéla pleine d'une foule colorée. Il y avait là des chasseurs venant de la réserve d'Arly, qui renouvelaient leurs munitions, des femmes (riches sans doute) qui achetaient des casseroles, des enfants qui marchandaient des rustines pour réparer une chambre à air.

En fait, quand on entrait chez le Chinois, on

était agréablement surpris par la fraîcheur qui y régnait car l'air conditionné (article de luxe – d'ailleurs proposé par le magasin) fonctionnait bon train dans un vacarme révélateur. Le Chinois faisait travailler toute sa famille, sa femme, ses enfants, ses parents et sans doute les sœurs de sa femme qui s'activaient dans un petit recoin cuisine. Il vint à ma rencontre et m'assura de l'extrême honneur et de la félicité infinie que lui procurait ma venue dans son humble magasin.

Question folklore, les coutumes étaient respectées.

Quand je lui appris le but de ma visite, il me sortit de son arrière-boutique des pellicules photographiques de plusieurs marques différentes, comprenant des sensibilités variables et autres raffinements sur le nombre de poses et la date de péremption. Il me proposa même une réduction si j'en achetais plus de deux et une carte de fidélité gratuite, tant ma clientèle paraissait lui convenir. Bref, j'en sortis une heure plus tard, avec dix pellicules de marques différentes mais très intéressantes à l'achat, de nombreux souvenirs de l'artisanat africain, du dentifrice, une brosse à cheveux, un chapeau de toile et d'autres bricoles sans importance.

Je dus promettre de revenir rapidement. Toute la boutique avait interrompu ses achats pendant mes démêlés avec Tran (le Chinois s'appelait Tran...) et n'en perdait pas une miette. Tous, famille et clients, me raccompagnèrent jusqu'à la voiture et, après bien des congratulations, nous nous quittâmes. J'étais sûr d'alimenter les conversations pour l'heure à venir et peut-être plus.

« Nous y retournerons la semaine prochaine », me dit Moussa.

Je le regardai de biais sans répondre, le suspectant de toucher une commission de la part de Tran, au prorata de l'ampleur de mes achats...

20

La pharmacienne (suite)

Les jours qui suivirent notre entretien dans son laboratoire, je ne revis pas Béatrice. Elle ne prenait plus ses repas avec nous. « Elle nous snobe ! », disait Henri qui était, de nous tous, le plus attentif à son absence, du moins en apparence.

Elle ressurgit, radieuse, un dimanche matin, moulée dans une petite robe de coton blanc qui ne laissait rien ignorer de son abondante féminité. Elle s'approcha de la table du petit déjeuner, où trônait en ce jour la coupe d'argent contenant les pilules de quinine. J'étais, pour ma part, affairé à séparer le sucre des fourmis qui avaient colonisé le sucrier. Mes autres collègues, plus habitués aux affaires africaines et gagnés par le fatalisme local, mettaient sans y regarder de trop près le sucre et les fourmis qui l'accompagnaient dans leur bol de café, sans se préoccuper réellement du sort des unes et de l'autre.

« Alors, les hommes, toujours heureux de votre sort ? », demanda-t-elle à la cantonade.

Et, sans attendre une réponse qui aurait obligé les plus pragmatiques parmi nous à de larges développements, elle s'assit pour se servir un café.

« Je commence à m'emmerder dans ce trou, déclara Béatrice. Je me demande si je ne vais pas vous planter là. »

Nous nous regardâmes, atterrés. Les uns inquiets de perdre une pharmacienne pour leur hôpital, les autres anxieux de voir partir notre meilleure représentante de la féminité occidentale.

En fait (je ne le compris que plus tard), notre Béatrice avait jeté son dévolu sur Daniel. Mais le coureur de brousse avait dû lui faire comprendre, avec toute sa sensibilité habituelle, qu'elle n'était pas son type et qu'il lui préférait d'autres liens, plus couleur locale. Si bien que, ce matin-là, c'étaient nous, les autres, ses admirateurs inconditionnels, qui faisions les frais de sa mauvaise humeur...

*

Daniel était parti pour une semaine avec sa Land Rover. Le programme de vaccination, commencé un an auparavant, marchait au mieux. Bien entendu, sa dotation en vaccins était trop légère, ce qui l'obligeait à revenir sur ses pas et à recommencer quelques mois après un programme de vaccination qu'il avait déjà entamé dans un village. Il incendiait les grosses têtes de Genève ou de Paris pour qu'elles lui envoient toujours plus de matériel :

« Je veux mes doses ! », hurlait-il au téléphone plusieurs fois par mois.

Son problème majeur était celui du recensement de la population : il n'arrivait pas à savoir avec précision quel était le nombre exact d'enfants dans un village, les renseignements fournis par l'administration locale étant des plus succincts. Il régnait, dans la Haute-Volta de ce temps-là, ce que l'on peut appeler sans exagération une joyeuse pagaille, à moins qu'il ne se soit agi d'un franc je-m'en-foutisme entretenu, comme pour tous les pays récemment décolonisés, par le rejet global de ce qu'avait pu faire le pouvoir administratif et militaire de l'ancien occupant, sans distinguer entre le bon et le mauvais.

Près du village de Kossa se situait une concession de cinq cases où vivait Manarré, une des filles de la première épouse de Plégo. Elle était ce que l'on peut appeler une belle fille, ce qui n'était pas tellement fréquent dans cette ethnie, en tout cas selon les critères habituels des Européens. Mais Manarré était belle, longue et fine, le visage bien dessiné et peu marqué par les scarifications rituelles. Daniel l'avait désirée dès qu'il l'avait aperçue. Plégo, son père, était un assez riche cultivateur de Kossa, qui avait ses cinq femmes et un nombre incalculable d'enfants vivants.

Le vieux Plégo semblait tout d'abord avoir été flatté par l'intérêt que prenait le bon docteur blanc pour sa fille aînée, surtout que, de celle-là, il pensait tirer un bon prix. Daniel avait discuté un moment avec le vieux roublard. Manarré avait quatorze ans, elle était vierge, et il était temps qu'elle se marie car elle avait « vue » déjà depuis deux ans, ce qui, soit dit en passant, n'était pas particulièrement précoce dans la région. Bien sûr, Plégo aurait préféré la marier à un Noir, mais l'idée d'avoir un docteur pour gendre ne lui déplaisait pas franchement. Outre l'intérêt social, il se disait qu'il se faisait vieux et que Daniel pourrait le soigner gratuitement, ce qui serait un complément éventuellement utile aux soins du sorcier du village, qui lui aussi commençait à se sentir un peu dépassé par les événements. On disait de ce sorcier qu'il avait déjà plus de cent ans (ce qui était très peu vraisemblable, mais, dans une contrée où l'on confondait parfois dans un flou artistique les lunes et les saisons, toutes ces approximations étaient possibles, surtout quand elles avantageaient les propagateurs).

Bref, Manarré valut un certain nombre de francs CFA, que Daniel dut aligner sans trop de peine tant une forte dot n'avait pas le même sens pour un médecin belge que pour le père d'une petite Gourma ; même si celui-ci avait augmenté les tarifs usuels d'une façon exagérée. Daniel lui fit construire une belle case fermée, montée sur pilotis un peu en dehors du village, pour qu'elle pût avoir sa tranquillité et surtout la reconnaissance qu'on doit à une femme libérée de sa famille par ce que l'on peut appeler un mariage. Au début, Manarré fut plutôt fière de posséder sa propre maison en dehors du cénacle paternel. Elle était la première épouse du docteur et l'attendait patiemment lorsqu'il partait faire ses tournées ou qu'il rentrait à l'hôpital de Fada pour se réapprovisionner en doses de vaccins. Daniel était quant à lui fier de son acquisition. Il passait avec Manarré le plus clair de son temps libre. Elle fut enceinte deux mois après ces événements.

Il ne faudrait pourtant pas croire que le parfait amour que filait Daniel eût quelque chose à voir avec ce que l'on connaît sous nos latitudes. Il était trop versé dans les coutumes africaines pour tomber dans les satanées fadaises des Blancs. Pas de baisers langoureux (les Africaines ignoraient le *french kiss*), pas de paroles tendres (Manarré parlait un français approximatif), pas de petits signes de connivence (ils n'auraient eu aucun sens). Manarré restait toute la journée dans ce qu'on pouvait appeler sa cuisine, sortait pour chercher de l'eau qu'elle trimbalait sur sa tête et tentait de soigner le ménage de sa maison, ce qui n'avait rien à voir avec la conception suisse de la propreté. Il lui faisait l'amour sans se préoccuper de ce qu'elle ressentait : elle ne sentait sans doute pas grand-chose, comme toutes les filles excisées, mais aurait très mal vécu qu'il ne s'escrimât pas sur elle. Elle avait été achetée assez cher, il était normal et même raisonnable qu'il l'utilise selon son bon plaisir, en ignorant ses sentiments et ses réactions, ou en feignant de le faire.

Insensiblement cependant, l'amour que Daniel portait à l'Afrique le conduisait à nouer des relations plus intimes avec sa belle-famille, ce qui était pourtant contraire aux traditions. Comme un petit-bourgeois européen, il allait prendre ses repas dans la concession de son beau-père, emmenant avec lui son épouse, qui se retrouvait ainsi placée en position d'infériorité vis-à-vis de ses belles-mères, car elle était immédiatement utilisée aux basses besognes le temps de la visite.

Si bien que s'était établi dans ce jeune couple

une relation complexe, non pas désastreuse, mais incomplètement satisfaisante pour les différentes parties. Daniel pensait que la venue du bébé allait régler ces problèmes en donnant à son épouse les occupations et les obligations normales d'une jeune femme gourmantché.

Il envisageait plus tard de l'emmener avec lui en Europe, sans se rendre compte des difficultés que cela supposait...

Nous, les Européens de l'hôpital, nous restions ignorants de cette situation. Et Daniel n'était pas du genre à s'épancher sur ses problèmes sentimentaux et encore moins matrimoniaux.

Benjamin lui-même ne savait rien, alors, de la vie cachée de son collaborateur.

Le seul qui savait, parce que tout le village savait, tambours de la nuit obligent, c'était Moussa. Mais, Moussa et Daniel, c'était un duo fusionnel, qui ne pouvait déteindre sur nos ignorances de non-initiés. Quant à Béatrice...

21

Le bengala

Il vint me voir à la fin de la consultation. La nuit était tombée depuis bien longtemps et les infirmiers et les traducteurs s'étaient éparpillés, sachant que le bonhomme, un père de famille mossi, parlait convenablement le français.

« Docteur, je viens pour le "bengala". »

A mon expression étonnée et dubitative, il dut comprendre facilement que j'ignorais ce qu'était le bengala, bien que cela le surprît réellement. Je percevais bien que, pour cet homme, un docteur qui semblait tout ignorer du bengala ne pouvait être complètement pris au sérieux. Il entreprit manifestement de me mettre sur la piste, tout en ayant la délicatesse de ne pas m'expliquer ouvertement, ce qui m'aurait fait perdre la face :

« Tu comprends, je dois faire un voyage au Dahomey... »

Cela m'éclairait peu.

« Là-bas je connaîtrai peut-être la femme du Dahomey... »

Je commençais à sentir le vent.

« Il faut que je montre à la femme du Dahomey ce qu'est l'homme de Haute-Volta... »

Cela allait sans dire.

« Mon bengala est bien vieux, docteur... »

J'y étais.

« Il faut que tu m'aides... C'est l'honneur de l'homme de notre village... »

Il avait dû faire le plein de corne de rhinocéros chez le marabout, il portait sous sa robe plusieurs sachets d'herbes et de substances aux propriétés tonifiantes, mais – il faut mettre toutes les chances de son côté – il préférait venir me voir au cas où je posséderais une drogue miracle, ignorée des autres. Rien ne compte plus que la virilité sous ces latitudes, et il fallait pouvoir honorer sa femme plusieurs fois par jour, tous les jours. Je connaissais tous les rites. Le seul élément qui me manquait jusque-là était le nom : le bengala.

Je ne souhaitais pas tomber dans le charlatanisme, mais je sentais bien qu'il fallait jouer le jeu sous peine de n'être plus reconnu pour le reste. Je décidai de l'examiner et le fis se déshabiller. Je notai au passage quelques traces de maladies associées, puis m'arrêtai sur son sexe que je soupesai doctement. Il commençait à me reluquer d'un air inquiet. Sans rien dire, je retournai à mon bureau, l'air pénétré par une réflexion profonde. Il commençait à être sérieusement anxieux.

Que faire ?

Je promenai machinalement mon regard sur la modeste table de bois blanc qui me servait de bureau de consultation et tombai sur une coupe contenant des pilules de chlorure de sodium que l'on gardait pour prévenir les déshydratations en cas de coups de chaleur et d'hypersudation chez... les Européens (les Africains étant fort peu exposés à un tel risque). Mon patient ignorait bien entendu qu'il ne s'agissait que de modeste sel de table. Je remplis une enveloppe de comprimés blancs et la lui tendis.

« Surtout, n'abuse pas des pilules. Pas plus d'une par jour, sinon ce pourrait être grave. Il faut boire beaucoup d'eau pour que ça fasse bien de l'effet. »

Je vis que j'avais touché juste. Mon interdit sonnait vrai. Mon aphrodisiaque devenait crédible. Il quitta, ravi, ma consultation.

« La femme du Dahomey va voir ce qu'est l'homme de Haute-Volta ! »

Il revint un mois plus tard et ne put s'empêcher de venir me féliciter. Il m'avait préparé un cadeau et sortit de son boubou une cigarette, vieille gitane papier maïs sans filtre, toute fripée et tordue, qu'il déposa devant moi, en la tenant précautionneusement entre deux doigts, comme s'il s'agissait d'un trésor.

« Tiens, docteur, je l'ai gardée pour toi. Tu m'as rendu le bengala. La femme du Dahomey a connu la force d'un chef de famille de la Haute-Volta... »

Une fois encore, je constatai la toute-puissance de l'effet placebo, qui rendait tout travail scientifique bien aléatoire !

22

Une fracture ouverte de jambe

Elle avait treize ou quatorze ans. A Fada, c'était une femme. Elle venait seule vers l'hôpital, d'un village de brousse éloigné d'une dizaine de kilomètres.

Tout cela aurait été bien banal, si, avant d'entreprendre ce voyage, elle n'était tombée d'un arbre, ne s'était fracturé la jambe et n'avait dû faire tout ce trajet accompagnée d'une seule vieille femme, en s'appuyant sur une béquille de fortune.

La fracture n'était vraiment pas belle. C'était une fracture ouverte du tibia. Le choc au moment de la réception sur le sol avait dû être direct et l'os fracturé était exposé dans la plaie sur plusieurs centimètres. Plus grave encore, elle avait trébuché sur le long chemin de brousse qui la conduisait jusqu'ici, en se rattrapant vraisemblablement sur le fût diaphysaire[1] de l'os fracturé. La douleur avait dû être insupportable. Chaque fois la terre avait pénétré plus profond dans l'axe de l'os, apportant sa dose de souillure et d'infection.

Je la regardai sans rien dire. Elle était assez belle, les traits fins. Ses scarifications rituelles avaient été taillées de façon discrète sur ses tempes et ajoutaient plutôt à son charme. Sa poitrine de jeune femme qu'elle pointait sans pudeur était ferme et ronde. Elle était beaucoup plus gênée, comme toutes les femmes de la région, par mon examen de ses jambes, et, chaque fois que je relevais la tête, elle tirait son boubou pour cacher ses cuisses à mes regards. Elle ne se plaignait pas, geignait à peine. Je pouvais lire dans ses yeux tout l'espoir du monde ; l'espoir que j'allais calmer cette douleur épouvantable et que rapidement elle pourrait marcher de nouveau vers son avenir, c'est-à-dire un mari, des enfants et des peines.

Moi, pour l'instant, je ne voyais qu'un avenir pour elle : l'amputation !

L'amputation, soit pour elle l'exclusion, la misère et peut-être la mort. Aucun homme ne voudrait d'elle. Même si un appareillage pouvait être bricolé, sorte de jambe de bois fixée par des

1. La diaphyse est la partie médiane d'un os long (comme le tibia). Son centre creux est le canal médullaire, dans lequel avait pénétré la terre du chemin.

ficelles à la cuisse, aucun travail agricole ne lui serait possible, la condamnant à ne pouvoir participer à l'effort collectif de subsistance. A la mort de ses parents, peut-être réduits à la vieille femme qui l'accompagnait, je savais qu'elle irait grossir la horde dépenaillée des mendiants qui hantaient Fada.

« Présentement, il faut que vous me confectionniez une jolie jambe, mon docteur. »

Un sourire radieux illumina son visage. Elle s'adressait enfin à moi, surmontant sa timidité, dans un français scolaire, irisé de quelques expressions archaïques et parsemé d'adverbes colorés. J'appris qu'elle avait été éduquée par les missionnaires protestants de son village, qu'elle savait lire et écrire, qu'on l'avait baptisée Marie. Qu'allais-je bien pouvoir tenter pour sauver sa jambe ?

J'aurais voulu téléphoner à mes collègues orthopédistes dans les hôpitaux parisiens pour connaître leur conduite dans une situation semblable. Il ne fallait pas y compter. J'étais ramené à mes insuffisances de jeune chirurgien devant un cas difficile. Pourtant je me souvenais d'une opération mise au point par un chirurgien de brousse, comme moi, et que les chirurgiens des hôpitaux considéraient, à l'époque, avec scepticisme. Il fallait prendre de l'os sain au niveau de la crête iliaque[1], le concasser en poudre et mettre celle-ci à la place de l'os souillé.

J'utilisai un double fixateur externe pour lui maintenir la jambe en rectitude. Et je réséquai l'os en essayant de ne pas être trop économe afin de bien enlever tout ce qui avait été en contact avec la terre. L'opération se passa bien. Il fallait maintenant que, deux fois par semaine, je refasse le pansement en arrosant bien avec du sérum physiologique ma poudre d'os qui servait de greffe, et en espérant que ça marche. Je savais que, dans la meilleure des hypothèses, tout cela allait prendre plusieurs mois.

C'est en allant la voir tous les jours que je devins l'ami de Marie.

*

J'en étais à plusieurs mois des pansements de la fracture ouverte de Marie. Il me semblait que ça prenait tournure et que l'os se reconstituait doucement.

« C'est magique ça, docteur », disait Félix en hochant la tête d'un air de connaisseur.

---

1. Partie supérieure de l'os iliaque facilement accessible sous la peau.

La plaie commençait à bourgeonner bon train. Il n'y avait pas le moindre signe d'infection. Heureusement, sinon Félix m'aurait proposé sa technique des asticots.

Ma petite patiente avait un moral d'acier. Je lui avais prêté quelques livres pour passer le temps ; elle attaquait le second tome des *Misérables*. Pour tout dire, elle était devenue la mascotte de l'hôpital. Chacun venait parler avec elle. Elle se révélait beaucoup plus fine et cultivée que je l'avais perçue tout d'abord. Bien qu'orpheline, elle avait une grande famille, et tout son village faisait le voyage à tour de rôle pour lui rendre visite et lui préparer ses repas, selon la coutume locale.

« Alors, mon docteur, ne pensez-vous pas que mes poussières d'os mettent bien longtemps à comprendre ce que vous attendez d'elles ? »

Dans cet hôpital, elle était bien la seule à me « voussoyer », ce qui me rendait son langage encore plus précieux. Non pas que j'estimasse ma personne doctorale suffisamment importante pour obliger les autres à cette petite marque de déférence, mais la singularité même du propos de Marie me rapprochait de mon monde perdu, qui, parfois, me manquait cruellement.

23

Variole ?

Il était 1 heure au soleil ; nous étions tous réunis sous le baobab, sirotant les bières locales insipides et douceâtres, attendant Benjamin pour être au complet. Les plaisanteries allaient bon train et l'on s'étonnait du retard de notre médecin chef, habituellement plus que ponctuel (ce qui n'est pas un vain mot pour un Suisse) quand il s'agissait du déjeuner. Il arriva de son pas lent de montagnard pour s'affaler dans un des fauteuils en osier.

« Allez, prends une bière, Benjamin, tu sembles l'avoir bien méritée, lui dit Henri. Tu vas être heureux, je me suis occupé du matériel aujourd'hui... J'ai de nouveau pris la température du frigo. Après quatre heures sur *extra cold*, il stagne définitivement à 18 °C au-dessus de zéro. Fais bien attention à ne pas prendre froid ! »

L'humeur n'était pourtant pas à la rigolade et les efforts d'Henri pour détendre l'atmosphère tombèrent un peu à plat.

« Les gars, fit Benjamin consterné, je crois que j'ai vu un cas de variole ! »

Nous nous regardâmes un peu crispés, ne sachant pas très bien si nous allions éclater de rire ou prendre l'air sérieux qu'inspirait la situation.

« La variole, tu es sûr ?

— Tu as dû te gourer, dit Daniel toujours amène, ce devait être une varicelle. Ça fait des lustres qu'on n'a pas vu de variole par ici.

— Ecoute, je sais qu'on peut se tromper, mais pour le coup je suis sûr de moi. J'ai déjà organisé la quarantaine et j'ai mis la famille à part à l'isolement. »

Le vieux mythe de l'horrible maladie légendaire nous plongeait tous maintenant dans nos réflexions. Quelle maladie fut dans l'histoire un fléau plus dévastateur ? « La moitié en meurt, l'autre est défigurée », écrivait Voltaire. Soixante millions d'individus avaient été contaminés dans le monde au XVIIIe siècle. L'épidémie de 1719 avait fait deux cent mille morts en Russie, quarante mille en Angleterre et quatorze mille rien qu'à Paris. Quelques décennies plus tard, le roi Louis XV lui-même en mourut.

Nous, les toubibs, la variole, on n'en avait jamais vu. J'en avais bien appris les signes dans mes questions d'externat, mais je devais avouer ne pas les avoir particulièrement potassés tant les chances que ce sujet tombe à l'examen étaient minces. On se retrouvait face à face avec cette petite vérole disparue de nos expériences, en principe disparue des cartes sanitaires depuis plusieurs années, comme si l'histoire de la médecine nous rattrapait au détour de la misère africaine.

Le soir, j'allai rendre visite à mon marabout favori. Youssef, à qui je venais de raconter toute l'histoire, me regardait avec son ironie habituelle.

« Et toi, tu n'as pas peur d'attraper la petite vérole ?

— Mais, Youssef, je suis vacciné !

— Pourquoi, nous, les Africains, on n'est pas vaccinés ? C'est encore une invention de tes laboratoires modernes !

— Mais pas du tout, Youssef, la vaccine, c'est vieux comme les vaches. C'est Jenner, un médecin anglais, qui a inventé il y a deux siècles la vaccination. Tout ça parce qu'il regardait les filles de ferme traire les vaches.

— Qu'est-ce que tu me racontes encore, docteur ? Qui est donc ton Jenner qui regarde les filles ?

— J'aime beaucoup Jenner, Youssef. Il est pour moi le type même de l'idéal médical. C'est un brillant jeune homme, élève des meilleurs médecins et chirurgiens de Londres, qui renonce à toute carrière universitaire pour s'installer comme médecin de campagne.

— Il était amoureux ?

— Oui, il l'était de sa femme, mais il était aussi amoureux de la nature et fin observateur. En conduisant sa carriole pour visiter ses malades, il observait les mœurs des animaux et il a décrit les habitudes étranges du coucou, cet oiseau qui s'installe dans les nids des autres oiseaux.

— Drôle d'oiseau, ton docteur », fit Youssef en ricanant.

J'enchaînai :

« En flânant dans les fermes, il s'aperçut que les vachères avaient sur les mains des pustules qui ressemblaient à celles de la variole. C'était la vaccine, c'est-à-dire la variole des vaches.

— Les vaches mouraient ?

— Non, elles ne mouraient pas. Mais surtout, et c'est là que l'esprit d'observation et l'intuition de Jenner deviennent géniaux, il remarqua que ces filles de ferme ne faisaient jamais la variole humaine, même si elles se trouvaient en contact prolongé avec des varioleux avérés. Il ignorait tout de ce que pouvait être la protection croisée, de l'immunologie, et plus encore du virus de la variole. Pourtant, en bon médecin, il inventa la vaccination et inocula la variole bovine à ceux qui voulaient se prémunir contre la variole humaine.

— Les autres médecins de son époque n'y avaient pas pensé ?

— Oui et non... Les médecins s'étaient aperçus depuis longtemps que la transmission de la maladie s'effectuait au contact des malades et que le prélèvement du contenu de la vésicule du varioleux était contaminant. Un médecin français nommé Tronchin tentait même des variolisations : un fil passé dans une vésicule était ensuite placé sous la peau de la personne à protéger. Malheureusement, soit la contamination était efficace et les patients faisaient la maladie, soit ils ne la faisaient pas, mais n'étaient pas protégés.

— Tu voudrais être un Jenner ?

— Je suis tout de même plus modeste. Jenner était un médecin idéal parce que, sans fausse science, il observa, il imagina, il traita et il guérit. Pour moi, le progrès en médecine est caractérisé par sa démarche. Il est basé sur l'observation et donc par le milieu et les circonstances : si Jenner n'avait pas été un médecin de campagne, il n'aurait pas observé les vaches et les vachères. Il est aussi supporté par des connaissances et des études : celles de la connaissance des signes de la variole, du développement de l'épidémie et de la protection des filles de ferme contre le fléau. L'intuition est géniale quand le rapprochement se fait entre vaccine et variole. Mais l'empirisme est total quant à la compréhension des mécanismes intimes de la vaccination. Peu importe puisque d'autres dans le futur expliqueront ces résultats et que dans le présent les patients sont prémunis. C'est ça, l'ambition du médecin... »

Youssef ricanait doucement.

« Mais qu'est-ce qui te fait rire à la fin ? Je te parle de la médecine avec un grand M et ça te fait rire...

— Ce qui me fait rire, grand docteur français, c'est qu'en me parlant de la médecine de ton Jenner tu viens de me décrire la médecine africaine, la mienne, celle de l'expérience transmise, celle des recettes qui guérissent sans comprendre, celle que peut-être un jour des savants comme toi expliqueront. »

La patiente de l'hôpital mourut. Mais ce n'était pas la variole. C'était le « monkey-pox », variole des singes, tout aussi grave pour celui qui en était atteint, mais beaucoup moins contagieuse. Benjamin était mécontent, non pas de son erreur de diagnostic, qui était bien pardonnable tant les deux maladies étaient cousines, mais de n'avoir pu rapporter un cas d'une maladie que l'OMS avait considérée comme disparue de la surface du globe.

24

Retour sur Daniel

Tout à l'hôpital de Fada était réglé par le train-train de nos petites vies laborieuses, rythmées par les malades qui se présentaient à nos soins et par les repas de notre communauté quasi monastique. Tout aurait dû continuer ainsi, et les coopérants auraient pu se succéder pour assurer cette continuité sans difficulté. Mais, de façon inattendue, le destin sait toujours s'inviter et frapper à la porte. Les quatre premières notes de la cinquième symphonie de Beethoven éclatèrent sans crier gare sous le ciel plombé de Fada...

Daniel revint un jour très fatigué et, sans nous prévenir qu'il était de retour, il s'enferma dans son bungalow. Ce comportement n'était pas exceptionnel et entrait parfaitement dans le caractère lunatique de notre collègue. Personne n'y prit garde. Il n'avait pas envie de nous parler et c'était tout.

Le lendemain, Moussa vint nous prévenir que Daniel était très malade et qu'il demandait que Benjamin passât le voir.

Après une bonne heure, Benjamin revint vers nous, les traits soucieux. Il nous réunit sous le baobab des conseils, demandant à ceux qui étaient occupés ailleurs de venir le rejoindre :

« Daniel a de la fièvre depuis trois jours. Ça a commencé alors qu'il était en tournée dans le district de Kossa. Il grelotte dans son lit et a déjà vomi tout ce qu'il pouvait. Il a le teint terreux et je ne trouve aucun signe d'appel à l'examen clinique, sauf un ventre tendu et douloureux. Je ne sais pas ce que c'est. La seule chose qu'il m'ait avouée, c'est qu'il a bu de l'eau sans permanganate dans un puits du Nord.

— C'est le palu, avança sa femme Isabelle, il ne prend pas toujours sa Nivaquine !

— Non, on a déjà vérifié. Il n'est pas anémique et la goutte épaisse est normale. C'est autre chose. On va mettre en place une réanimation pour le réhydrater. Le plus probable est d'envisager une intoxication alimentaire. On va envoyer une infirmière de l'hôpital dans son bungalow pour le surveiller.

— C'est peut-être une hépatite ?

— Peut-être... »

Benjamin n'était manifestement pas convaincu. J'avais une grande confiance dans son sens clinique dont j'avais pu juger de la pertinence à nombreuses reprises. Personnellement, je pensais qu'une hépatite était tout à fait possible. Mais je n'avais pas examiné Daniel et, pour tout dire, on ne m'avait rien demandé...

*

En effet, aucune pathologie infectieuse n'était plus banale sous ces tropiques que l'hépatite virale. La plupart des coopérants en faisaient une. Parfois elle était grave, entraînant une insuffisance hépatique sévère qui justifiait le rapatriement. Un d'entre eux en était mort. A cette époque, la transplantation hépatique n'en était qu'à ses balbutiements. A Paris, on lui avait greffé, en attente de la récupération de son propre foie, étouffé par les virus, un foie de babouin. C'était une thérapeutique nouvelle. Elle échoua complètement et le malheureux collègue, âgé de trente ans à peine, trépassa dans un tableau épouvantable.

Même mes infirmiers étaient touchés. L'un d'entre eux, Gana, se trouva terrassé un beau matin, l'œil jaune et les transaminases[1] au plafond (l'ictère cutané, signe tellement banal chez les Caucasiens à peau blanche que nous sommes, est moins évident à remarquer chez les Noirs !). Devant l'impuissance des docteurs blancs, notre infirmier alla consulter le marabout. Youssef lui fit ingurgiter une de ses décoctions d'herbes dont il gardait jalousement le secret. Le lendemain, mon Gana jouait au football pendant la pause de la sieste par 40 °C à l'ombre. Il hurlait en cavalant comme un gamin :

« La passe, fais-moi la passe ! »

Je lui faisais doser le lendemain son taux de transaminases hépatiques, reflet de l'atteinte virale par le foie. Elles restaient extrêmement élevées. Tout se passait comme si Gana faisait son hépatite comme tout un chacun mais qu'il n'en ressentait pas les symptômes, et en particulier l'immense fatigue qui accompagne habituellement cette maladie, laissant les patients comme des loques pendant plusieurs mois.

J'interrogeais Youssef :

« Mais qu'est-ce que tu mets dans tes potions, Youssef ?

— Docteur, depuis des siècles, les sorciers sélectionnent les effets des herbes. Comment ne

1. Enzymes du foie.

pas penser qu'on sache un peu celles qui font du bien et celles qui font du mal ? »

Jamais il ne me donna la formule de la potion magique de l'hépatite virale...

*

Après la réunion sous le baobab, comme je me dirigeais vers mon travail, Benjamin m'accompagna sur le chemin.

« Tu vas aller l'examiner, mais je ne crois pas qu'il s'agisse d'un abdomen chirurgical. Si ça ne s'améliore pas rapidement, il faudra envisager un rapatriement sanitaire.

— Mais enfin, Benjamin, que penses-tu qu'il ait ? »

Il s'arrêta, me regarda dans les yeux, très sérieusement :

« Je crois que notre ami Daniel a fait le con. Et tout ça, c'est très mauvais pour nous tous. »

Sans attendre ma réaction, il me tourna le dos et regagna ses quartiers de son grand pas long de montagnard.

25

La montagne sacrée

Toutes les tribus de Gourma se réunissaient une fois par an sur la montagne sacrée. Il s'agissait plutôt d'une colline dont le sommet était protégé par une végétation très dense, sorte de maquis d'épineux ponctué par quelques vieux arbres, infranchissable sauf à de rares endroits connus des seuls initiés. Personne n'avait le droit de pénétrer ce lieu. La nuit de la fête, les tam-tams martelaient leurs messages ou leurs danses sans interruption, se succédant et se répondant les uns les autres. Parfois des cris aigus de femmes déchiraient la nuit pour s'engloutir dans le roulement des tambours qui redoublaient de puissance.

J'avais souvent vu les villageois danser. Le soir, ils formaient un cercle un peu à l'écart du village et le joueur de tam-tam imposait le rythme. Tous frappaient le sol de leurs pieds nus, en laissant la musique envahir leur corps. Ils ne chantaient pas, se contentaient parfois d'émettre de petits bruits sourds, venant du fond des gorges. Sans que rien l'annonce, une femme se jetait soudain au milieu du cercle en trépignant sur place, son corps s'arquait en opisthotonos[1], comme lors d'une crise de tétanos. La tension montait très vite dans l'assistance, le tambour accentuait ses roulements, chacun sortait (anachronisme révoltant !) une lampe de poche électrique de son boubou pour la braquer sur la possédée. Les yeux de la femme se révulsaient, elle s'écroulait enfin en arrière, inconsciente, la bave aux lèvres.

Ces petites danses du soir n'étaient-elles que la répétition de la grande réunion de la montagne sacrée ? Quel rituel magique pouvait-il bien s'y dérouler ? Pourquoi les étrangers étaient-ils interdits quand les enfants en bas âge de la tribu devaient y participer ?

Lila, la gentille Lila, fille qui aidait les matrones à la maternité, venait de s'élancer dans le cercle à son tour. Sa « danse » était particulièrement trépidante, arrachant des cris chez les femmes et même chez les hommes qui sautaient

1. Contracture généralisée des muscles extenseurs entraînant une incurvation du corps vers l'arrière – signe typique du tétanos.

sur place tout autour. Les tam-tams prenaient du volume et finissaient par devenir stridents. Je regardais bien le visage de Lila, complètement crispé par une souffrance intérieure, comme si elle était possédée par toutes les forces malfaisantes de l'Afrique, animal expiatoire d'un sacrifice toujours recommencé. Elle s'écroula dans l'indifférence des autres danseurs qui préparaient déjà la prochaine victime. Comme on la sortait du cercle en la traînant, je pus l'observer en faisant mine de la réconforter : elle respirait bruyamment, son corps était recouvert d'une sueur froide qui sentait très fort. Ses lèvres encore mouillées de salive balbutiaient des mots répétitifs que je ne pouvais pas comprendre. Elle retrouvait peu à peu sa conscience, comme si elle sortait d'une séance d'hypnose, elle roulait des yeux blancs dans toutes les directions, cherchant ses repères. Je pensais à Charcot, à l'hospice de la Vieillesse-Femmes de la Salpêtrière, se penchant sur Blanche Wittmann, son hystérique préférée. En regardant Lila, je ne savais plus, moi non plus, ce qui était de l'hystérie et ce qui était de l'hypnose. Ce dont j'étais sûr, c'est que ça ne ressemblait pas à ce que, moi, j'appelais de la danse !

*

Lors de la fête de la montagne sacrée, Daniel avait décidé d'accompagner les gens du village pour la danse. On le fit pénétrer sur la colline, par les passages secrets qu'aucun Blanc ne devait connaître. Daniel s'en estimait le droit car il se considérait maintenant comme un chef de famille à part entière, adoubé par le ventre rebondi de sa jeune épouse.

Que se passa-t-il ensuite ? Les anciens décidèrent-ils d'accomplir le châtiment qui s'imposait à cette exception dans les règles ancestrales, quelle que fût l'amitié qu'ils portaient au docteur ? Sa famille plaida-t-elle pour lui ? Ou bien Manarré, vexée par la conduite de celui qu'elle considérait au fond comme un mauvais mari, puisqu'il ne lui apportait pas le statut idéalisé dont elle rêvait, laissa-t-elle appliquer la sentence ? Lui demanda-t-on son avis ? Son père dans tous les cas récupérerait sa fille et le fruit de ses amours, et pourrait sûrement la remarier en s'appropriant une nouvelle dot et en gardant l'enfant.

26

Attente

Dès qu'elle apprit la maladie de Daniel, Béatrice se proposa comme infirmière et passa la première nuit à son chevet. Le lendemain, elle se précipita dans sa chambre dès que les obligations de son travail à l'hôpital le permirent, laissant supposer ainsi des relations plus complexes entre les différents acteurs qu'un observateur naïf (moi-même en l'occurrence !) aurait pu le deviner.

Daniel n'allait pas mieux. La fièvre restait en plateau entre 39 et 40 °C. Il vomissait tout ce qu'elle tentait de lui faire boire et, avec la chaleur et la transpiration, il risquait de se déshydrater rapidement. Benjamin avait d'emblée décidé de le mettre en perfusion pour lui apporter une quantité suffisante d'eau et de sel. Le soir, il battait toujours la campagne et réclamait Moussa. Benjamin avait réussi à joindre dans la journée un de ses amis du

Cantonal de Genève, spécialiste en maladies tropicales, pour lui demander conseil. Malheureusement, un certain nombre des examens qu'il avait demandés n'étaient pas réalisables sur place, et Béatrice se proposa d'aller à Ouagadougou avec ses tubes pour tenter de les réaliser à l'hôpital universitaire.

Autour du baobab, tout le monde était songeur. La nuit descendait doucement. Dans la journée, nous avions limité notre activité clinique en ne traitant que les urgences, et notre esprit avait pu vagabonder sur les mystères des virus de la brousse.

« Mais que peut-il bien avoir ? »

C'était la vingtième fois que Benjamin me répétait la question, sachant très bien que je ne lui apporterais pas la réponse. Isabelle, sa femme, récitait à voix haute son manuel de médecine, en cherchant tous les signes qui pouvaient rapprocher l'état de notre ami d'une pathologie connue. C'était particulièrement exaspérant, même si cela partait d'un bon sentiment. Benjamin lui intima brutalement l'ordre de se taire, ils commencèrent à se disputer, et il l'insulta. Elle se mit alors évidemment à pleurer en l'accusant d'être un type sans cœur qui ne prenait pas en considération ses efforts pour se rendre utile...

Devant l'imminence d'un grand règlement de

comptes familial, les spectateurs, c'est-à-dire Béatrice, Henri et moi-même, prirent le parti (sage) de la fuite. Béatrice et Henri partirent ensemble vers le bungalow de Daniel.

Je profitai du moment où tout le monde s'affairait vers ses nobles occupations pour aller consulter Youssef, sans attirer ainsi les reproches ou les sarcasmes.

*

« Je viens te voir pour Daniel. Il est bien malade.

— Je sais.

— Tu ne sais pas ce qu'il a ?

— Si, je sais. »

Youssef n'était pas hilare comme à l'habitude, il ne me regardait pas à travers ses petits yeux plissés d'amateur de dolo. Je compris brutalement que la situation était encore plus grave que je ne l'avais tout d'abord pensé.

« Qu'est-ce qu'il a, Youssef ? Dis-le-moi ! »

Youssef soupira et garda un long moment le silence.

« Je t'aime bien, petit docteur, mais il y a des choses de l'Afrique que tu ne peux pas comprendre. Comme tu es un jeune homme sage, tu ne cherches pas non plus à les deviner. Tu viens voir le vieux Youssef et tu lui demandes ce qui se passe pour ton ami. Mais le vieux Youssef, il ne sait pas tout. Ce qu'il sait, c'est que le docteur Daniel n'a pas su garder ta sagesse, qu'il a voulu vivre comme les Noirs, qu'il est allé danser sur la montagne sacrée la nuit de la grande réunion, avec celle qu'il a prise pour épouse. Mais il est des choses qu'il ne pouvait pas savoir que les autres des tribus ne lui ont pas dites, que sa femme gourma, elle-même, ignorait.

— Mais enfin, Youssef, que veux-tu dire ?

— Il y a toujours des génies malfaisants, surtout les soirs des grandes réunions. C'est pour cela que tout le monde se protège. »

Il me montrait les rangs d'amulettes qu'il portait autour du cou et dont il assurait un commerce prospère auprès des villageois.

« Quand on ne croit pas aux esprits, les mauvais génies se vengent. Ils pénètrent dans la maison, dans le corps de celui qui les a réveillés, et on ne peut pas les en déloger. Ces génies-là ont des griffes très fortes, ils s'accrochent dans le ventre, et même moi je ne peux pas toujours les faire partir. »

Elle était loin, ma médecine. Les Pasteur, les Jenner, les Laennec... Je pensais, complètement désemparé, à ceux que je connaissais dans les hôpitaux parisiens. Comme ils me semblaient à des lieues ! J'étais perdu dans le monde de la magie, des croyances primitives, des recettes de sorcier. Daniel avait été empoisonné, pour satisfaire quelque vengeance, pour que les vieux dictons parlent malgré tout, pour que les prédictions portées par les griots ne puissent pas mentir. On lui avait fait avaler des herbes, des herbes inconnues de nos petits savants européens, des herbes qui tuent, comme j'avais vu auparavant l'effet des herbes qui guérissent. Youssef n'y était pour rien. C'était sûr. Mais il savait que quelqu'un dans la brousse, un de nos proches peut-être, avait accompli ce qu'il considérait comme son devoir : faire avaler au médecin blanc qui avait outrepassé les règles le bouillon des mauvais génies.

« Youssef, est-ce que tu peux faire quelque chose ? »

Youssef regarda droit devant lui, fouillant l'obscurité de sa concession qui s'endormait doucement.

« Non, docteur, je ne peux rien. »

J'allai retrouver Benjamin, qui s'était endormi.

« Il faut le rapatrier, lui dis-je. Et le plus vite possible. »

Benjamin, encore empêtré dans son premier sommeil, balbutia quelques mots incompréhensibles. Puis il me fixa lourdement en silence. Il avait compris d'où je venais.

Ce que je lui disais confirmait ce qu'il redoutait depuis le début.

« Nous le ferons dès demain. »

27

« On va l'avionner ! »

Organiser le rapatriement de Daniel ne fut pas une chose simple. Le téléphone, comme à l'habitude, fonctionnait mal. Quand on avait enfin réussi à joindre l'Europe, le correspondant désiré n'était pas en ligne ou ne pouvait donner immédiatement la réponse attendue. Benjamin mit la matinée à obtenir l'avion sanitaire, les autorisations nécessaires, la place dans un service hospitalier de Bruxelles spécialisé dans les maladies tropicales. Il fut décidé qu'il l'accompagnerait lui-même afin de veiller au traitement médical pendant le transfert.

« Tu dois rester, me dit-il, comme pour excuser sa décision. Ta présence est indispensable, personne ne peut te remplacer pour les urgences... »

Je ne discutai pas, bien que l'opportunité de se retrouver dans un monde civilisé pendant quelques jours eût de quoi susciter l'envie. Même si cela se faisait aux dépens du malheur de notre compagnon.

Le moment le plus difficile était le voyage jusqu'à Ouagadougou. Nous n'avions pas d'ambulance à proprement parler, même si le break Peugeot pouvait permettre d'allonger un adulte après un petit bricolage des sièges arrière, ce que Tenkodogo réalisa en un tour de main. L'état de Daniel n'était pas brillant ; il était en coma vigil, chaque mouvement lui arrachant des gémissements. Son visage avait pris un aspect cuivré, il transpirait abondamment. Le dernier ionogramme sanguin que nous apporta Béatrice nous força à modifier encore la réanimation : il semblait toujours se déshydrater malgré nos apports, et il fallut augmenter la quantité d'eau et de sel que nous lui perfusions dans les veines.

Finalement, il fut possible de l'installer assez confortablement dans la voiture, de vérifier que le goutte-à-goutte s'écoulait à peu près normalement, et le départ fut donné, Tenko prenant le volant, Félix et Benjamin servant d'accompagnateurs. Ils devaient trouver l'avion sanitaire quatre heures plus tard à l'aéroport de Ouaga. Tenkodogo appuya sur l'accélérateur jusqu'à trouver sa vitesse de croisière sur la tôle ondulée afin d'éviter le plus possible les secousses du voyage.

Ils s'éloignèrent dans un nuage de poussière rouge.

« On va l'avionner », répétait Félix, comme si ce transfert était la certitude d'effectuer une prouesse médicale et de guérir Daniel. Il faut dire qu'il n'avait jamais vu déploiement de tant de moyens pour tenter d'arracher quelqu'un à la mort.

28

Silence sur l'hôpital

Pendant les jours suivants, les occupations routinières feignirent de nous accaparer. A vrai dire, tout le monde s'évitait, s'ignorait presque, et les mots banals qui s'échangeaient masquaient mal les questions essentielles que chacun pouvait se poser : étaient-ils bien arrivés ? Les médecins de Bruxelles avaient-ils fait un diagnostic ? Quand Benjamin rentrerait-il ?

J'étais personnellement occupé par la prise en charge d'un patient atteint d'un monstrueux éléphantiasis du scrotum. Cette maladie transmise par les moustiques était due à un ver parasite : la filaire de Bancroft. Ce diabolique bestiau avait la propriété d'obturer les lymphatiques, et particulièrement ceux des bourses et des membres inférieurs. Ce mécanisme aboutissait à un épaississement progressif de la peau et à une augmentation du volume du scrotum. A Fada, le malade venait consulter quand ses bourses ballottaient entre les genoux et que leur volume empêchait une marche décente. Je me souvenais d'une gravure qui m'avait impressionné quand, encore enfant, je feuilletais le *Nouveau Larousse médical illustré* de ma grand-mère dans l'édition de 1924 : on y avait représenté un cordonnier de la « colonie » qui utilisait ses bourses comme établi pour planter ses clous au marteau. Image impressionnante pour un enfant mais qui ne décourageait pas une vocation, j'en étais la preuve ! Mon problème pour l'heure avait été de retrouver péniblement le pénis (complètement rétracté dans la masse), de deviner où se cachaient les testicules, d'installer un garrot (Félix m'avait soufflé la manœuvre !) et de réséquer complètement l'énorme masse de plusieurs kilos... Après une cicatrisation souvent houleuse, je savais que le patient serait guéri et repartirait tout léger vers d'autres piqûres de moustique...

Rien de tel que ces besognes chirurgicales pour s'occuper les mains et l'esprit, et éviter de ressasser ses inquiétudes. Ce ne fut que deux jours plus tard que nous reçûmes le coup de fil miracle de Benjamin pour nous rapporter les événements de façon laconique, avec l'indifférence apparente de son accent traînant :

« Tout s'est bien passé... Je reprends l'avion demain. Que Félix vienne me chercher à Ouaga. »

Mais, une semaine après son retour, nous apprîmes que Daniel était mort dans le grand service de réanimation de l'hôpital universitaire le plus spécialisé dans les pathologies tropicales que possédait la Belgique.

29

Deuil

Le décès de notre compagnon nous plongea tous dans un abattement profond, même si nous poursuivions notre travail dans l'hôpital sans changement trop apparent. Il était clair cependant que quelque chose s'était cassé et que nos rapports entre nous ou avec la population dont nous avions la charge s'en trouvaient modifiés.

Je ne savais pas quelle attitude prendre envers le marabout que je n'avais pas revu depuis la maladie de Daniel. Je ne pouvais m'empêcher de le trouver quelque peu complice ou même coupable de ces événements, tant son mutisme m'avait intrigué et peiné. Dans ces conditions, toutes nos relations de confiance et nos échanges pseudo-philosophiques sur les cultures et les médecines ne pouvaient plus avoir de sens. Dans cette histoire, j'avais l'impression d'être passé à côté d'un élément important qui m'aurait échappé, ce qui n'était pas pour surprendre, restant béotien de l'Afrique, malgré mes faux airs de vieux routier.

*

« Tu viens avec moi, il faut prévenir la veuve ! »

Benjamin avait dit cela sans ironie, comme si cette visite, qui lui coûtait, devait être faite à tout prix et qu'elle relevait de ce qui au monde lui tenait le plus à cœur : son devoir. Plusieurs jours s'étaient passés depuis la mauvaise nouvelle et chacun de nous restait abattu sans que l'événement ait encore pu susciter tous les commentaires qu'il remâchait au fond de lui. En d'autres termes, personne n'avait fait son deuil. Béatrice en particulier ne parlait plus à personne sauf à Isabelle, la femme de Benjamin, avec laquelle elle s'enfermait pendant la pause de l'heure chaude.

Nous montâmes dans la Land pour rejoindre le village de Plégo, le père de Manarré. Pendant la route cahotante, car Benjamin n'hésitait pas à emprunter le cours des oueds à sec comme raccourcis, nous tentions d'anticiper la réaction des habitants du village. Je ne connaissais pas personnellement Manarré et je ne parvenais pas à imaginer quelle pourrait être son attitude face à l'évidence de la mort de son mari.

Quand la voiture s'arrêta sur la place du village dans un grand nuage de poussière rouge, les enfants surgirent de toute part en poussant des cris de joie. C'était un beau village que je découvrais pour la première fois, bordé de grands arbres qui distribuaient malgré leurs feuilles étroites une ombre apaisante. S'attendaient-ils, reconnaissant la Land, à revoir Daniel ? Quand Benjamin et moi descendîmes ensemble de la voiture, notre apparition provoqua le silence et le recul de la petite assemblée. Déjà Plégo s'avançait le visage grave, il avait compris.

« Le docteur est mort ?

— Oui, il est mort chez lui, à Bruxelles, répondit Benjamin en marquant insensiblement le « chez lui ».

— Etait-il chez lui en Europe ou chez lui ici ? », répliqua Plégo, à qui la nuance n'avait pas échappé.

Nous nous dirigions vers la concession. Plégo nous précédait tout en marmonnant dans sa langue des mots incompréhensibles pour nous. Une belle grande fille sortit en courant d'une case, une jupe longue déformée par son gros ventre passée sur les reins, la poitrine nue. Elle nous dévisagea, regarda Plégo et se mit à genoux en hurlant. Elle ramassait la poussière du sol et s'en couvrait les cheveux. De toutes les cases et des concessions alentour, les femmes suivies de petits enfants se précipitèrent vers Manarré et l'entourèrent en criant et en pleurant. Nous dominions la scène les bras ballants, un peu stupides, effarés de la force d'une telle réaction contre laquelle les mots de consolation et de condoléances n'avaient plus de sens. Plusieurs instants passèrent ainsi dans le désordre et la cacophonie, sans que Benjamin ou moi-même sachions quelle attitude adopter.

Puis, après un bref regard, nous nous retirâmes doucement vers la voiture, laissant se dérouler une histoire qui ne nous regardait plus.

30

Disette et famine

Pendant que ces événements dramatiques se passaient, mon amie Marie guérissait. Les mois nécessaires pour que ses « poussières d'os », comme elle les nommait, convergent et s'assemblent s'étaient écoulés, et la consolidation de sa fracture s'effectuait en douceur et en magie. Les contrôles radiologiques que j'obtenais grâce à ma machine réactivée étaient excellents et le tibia avait retrouvé un aspect solide. Marie déambulait déjà depuis plusieurs semaines et je pus bientôt lui autoriser l'appui. La cicatrice cutanée de la plaie n'était pas jolie-jolie, et la peau qui la fermait restait fragile et saignante au moindre contact. Mais il n'y avait plus d'infection.

Marie avait lu tout *Les Misérables*, englouti Alexandre Dumas, commencé *La Chronique des Pasquier* qui traînait dans la bibliothèque des médecins de l'hôpital. On allait pouvoir envisager son départ. Sur le plan technique, c'était pour moi un beau succès, et la rééducation de ma protégée allait bon train, conduite par les conseils inexperts des « infirmiers » de l'hôpital, transformés pour l'affaire en pseudo-kinésithérapeutes.

C'était la fin de la saison sèche, le marigot avait diminué de moitié et l'irrigation élémentaire commençait à poser de graves problèmes, même dans les cultures maraîchères des lépreux qui étaient pourtant les plus favorisées de Fada sur ce point. De réelles difficultés d'approvisionnement se faisaient sentir dans de nombreuses familles de paysans, dont l'imprévoyance était caricaturale. Les plus pauvres d'entre eux vendaient le mil dès la récolte effectuée, au moment où les cours étaient les plus bas, et restaient bien en peine en fin de saison pour s'en procurer pour leur propre subsistance ou pour entreprendre des semailles, alors que les cours étaient multipliés par deux ou trois. Sans parler de famine, nous constations que de nombreuses familles commençaient à tourner autour de l'hôpital dans l'espoir d'une aide alimentaire pour les enfants.

J'avais déjà vu certains paysans totalement abusés dans leur infinie crédulité par de gros marchands peu scrupuleux. Ainsi celui à qui l'on avait racheté toute la production céréalière familiale (quelques sacs seulement) contre un poste à transistors, qui avait la magie de fabriquer de la musique. Bien entendu, lorsque les piles furent usées, le pauvre bougre n'eut plus que le loisir de contempler le poste de radio, devenu muet, trônant au centre de sa case.

L'organisation humanitaire Frères des hommes profitait de ces périodes difficiles pour apporter son message principal : celui de conseil en agriculture.

« L'hôpital n'est qu'un phare, m'avait affirmé le grand frère avant mon départ. L'essentiel pour nous est d'apprendre à ces gens à s'autosuffire par une agriculture plus performante... »

Venant au secours des lucioles que nous étions, nous autres pauvres médecins, les ingénieurs agronomes arrivaient alors, prêts à innover de nouvelles méthodes de culture ou à montrer comment creuser des puits en profondeur. Tout cela était volontairement très simple... Il s'agissait par exemple de remplacer la traction humaine (la femme en général tenait la houe) par la traction asine (les ânes avaient disparu, témoins gênants du colonialisme français). Mais on se heurtait rapidement à des problèmes de coûts : acheter des ânes, se procurer des pompes pour les puits, acheter du fuel pour faire fonctionner les moteurs... Tous ces efforts étaient rendus difficiles par l'insouciance naturelle des Voltaïques et par le fatalisme ambiant véhiculé par la religion dominante qu'était l'islam. En dehors de quelques réalisations méritant l'estime, il fallut bien reconnaître avec le recul que ces actions humanitaires ne firent qu'égratigner le sol du pays des Gourmas.

Pour revenir sur les buts de notre organisation qui voulait s'inscrire dans la durée par une action en profondeur sur l'agriculture, n'utilisant les médecins que comme faire-valoir, on peut dire aujourd'hui qu'ils furent détournés. Certes, notre mission médicale ne fut qu'une goutte d'eau dans une mer de misères physiologiques, mais les vies sauvées, et il y en eut beaucoup, pesèrent leur poids dans la grande balance. Le renouveau agricole de la Haute-Volta dut attendre la révolution communiste, quand les agriculteurs chinois, néocolonisant les camarades du Burkina Faso, surent leur inculquer avec la vigueur et les arguments forts qui nous manquaient comment irriguer, comment cultiver et comment penser.

Pour l'heure, il fallait nourrir ces pauvres gens alors que la sécheresse semblait s'instaurer dans le pays depuis plusieurs années. Des dons parvenaient de Suisse et de France. Ils n'étaient pas toujours adaptés à nos problèmes; ainsi nous reçûment un beau matin un chargement de pneus de tracteur, surplus sans doute d'une fabrique européenne en mal d'action caritative, dont l'utilité dans notre contexte quasi néolithique était difficile à trouver. Les aliments échappaient même à la culture locale : il n'était pas simple d'expliquer comment préparer des nouilles à ceux qui ne les avaient jamais goûtées. Qu'on le veuille ou non, la nourriture doit être apportée par le chef de famille, même en période de disette...

« Du riz, je veux du riz ! hurlait Benjamin dans le téléphone de Bakélite noir accroché au mur de notre « salon » ! Ces gens-là ne connaissent que le riz. Ne m'envoyez plus de patates et de pâtes. Il me faut du riz... »

De vraies catastrophes furent évitées de justesse avec le lait en poudre. Isabelle avait entrepris de montrer comment l'utiliser aux mères qui se pressaient maintenant vers l'hôpital. Malheureusement, le lait en poudre dilué stagnait trop longtemps dans le fond des calebasses, qui restaient exposées au soleil, et les enfants ingurgitaient parfois ce qui s'était transformé en un vrai bouillon de culture. Nous dûmes ainsi traiter plusieurs cas de gastro-entérites aiguës et parfois sévères. Par bonheur, à notre connaissance, personne n'en mourut. Il nous fallut comprendre que le lait en poudre devait être mêlé sans dilution à l'alimentation traditionnelle de façon à apporter les protéines manquantes à cette popote souvent réduite à la portion congrue. Toutes ces péripéties rendirent nécessaire la création d'un centre de nutrition où les mamans des enfants atteints de malnutrition purent suivre un « stage de formation » afin de mieux gérer l'alimentation de leur nourrisson. Pour une fois se trouvait vérifié le mystérieux proverbe que j'avais recopié sans en comprendre le sens à l'école primaire, en m'appliquant sur les pleins et les déliés : « A toute chose malheur est bon. »

31

Demande en mariage

J'avais depuis longtemps jugé Henri, notre administrateur, comme un taciturne mystique. Mais ce grand gars, policé en toutes manières et profondément timide, ne parvenait pas à s'arracher, même sous ces latitudes, au carcan infernal de son éducation religieuse. Il était ce que l'on appelle un fils de famille. Son nom était sur la bouteille de liqueur que possédaient tous les foyers de France. Il avait fait des études de droit puis d'économie, formation propice au futur chef d'entreprise qu'il devait être un jour. Comme on dit à Paris, il sentait sa province. Seul catholique pratiquant de notre groupe, il allait à la messe le dimanche en compagnie de Tenkodogo. Politiquement de droite, il lisait Mauriac en critiquant le déviationnisme de gauche que les éditoriaux du vieil homme, devenu journaliste et un peu pamphlétaire, semblaient parfois démasquer. Il rejetait en bloc Mai 68, la gauche, les nouveaux prêtres et l'art abstrait, comme autant d'expressions d'un marxisme abhorré qui le menaçait lui et les siens.

Il n'avait rien saisi à la maladie de Daniel, et son absence de culture médicale l'avait fait se tenir à l'écart de toutes nos conversations sur ces sujets. Mais Henri avait changé depuis déjà plusieurs semaines. La maladie et la mort de Daniel l'avaient certes bouleversé, bien qu'il jugeât de façon sévère le comportement de notre compagnon et qu'il ne pût que réprouver son comportement sexuel. Mais, à la vérité, il était devenu évident qu'Henri se languissait d'un amour contemplatif pour Béatrice.

Béatrice, son contraire au féminin !

Rares étaient les jeunes femmes de l'époque aussi peu conventionnelles qu'elle, même dans la population des adeptes du Women's Lib qu'avait engendré le mouvement post-soixante-huitard. Toute son attitude révélait sa résolution et son indépendance. Sa présence à Fada en était une preuve. En fait, son mutisme intransigeant nous contraignait à imaginer quelle fille elle avait pu être dans le « civil » (on disait entre nous « dans le civil » en parlant de notre vie d'avant l'Afrique, tant nous étions persuadés, au fond de nous-mêmes, de participer à une sorte de service militaire dans une contrée éloignée, avec tout ce que cela supposait de relents colonialistes).

La passion qui poussait Henri vers Béatrice fut un instant ébranlée quand il comprit les relations complices qui la liaient à Daniel. Il percevait mal que ces deux êtres appartenaient au même monde, monde différent du sien, dont les règles morales, amicales ou amoureuses ne pouvaient pas être comprises par un homme de sa culture et de sa formation. Partagé entre ces deux pulsions contradictoires, mais pressé d'exprimer ce qu'il avait dans le cœur, il prit la décision brutale de s'ouvrir de ses sentiments auprès de Béatrice, un soir après la veillée.

Il la rejoignit dans son bungalow et, comme tous les timides, il lui jeta sa passion avec flamme dans un discours d'un sérieux ostentatoire.

Une vraie demande en mariage !

Il ne manquait que le bouquet et les gants beurre frais pour compléter le cliché... Il lui avoua qu'il ne pouvait vivre sans elle, qu'elle peuplait ses nuits, qu'il voulait l'épouser sur-le-champ, et lui dépeignit de façon maladroite l'avenir radieux fait d'enfants, de notabilité et de confort qui s'ouvrait devant eux.

« Je ferai tout pour ton bonheur. Mes parents te trouveront merveilleuse. Tu me seconderas dans mon travail et mes responsabilités. Nous reprendrons l'entreprise de mon père... »

Béatrice, qui avait perçu la situation depuis longtemps comme toute fine mouche qui se respecte, et qui en jouissait sans en tirer avantage jusqu'alors, se prit à être un peu perverse : elle le laissa s'enferrer comme un poisson capitaine qui avale un gros bibi enfilé sur l'hameçon.

« Henri, ce que tu me dis me touche beaucoup. Mais tu me connais à peine. Je ne suis peut-être pas la femme qui te convient. Es-tu sûr seulement que je t'aime ? »

Il lui affirma que tout viendrait avec le temps, qu'il en était persuadé, que l'amour le plus pur le poussait vers elle.

« Tu veux peut-être seulement coucher avec moi ? Nous sommes au fin fond de l'Afrique, tu n'es pas rentré en France depuis un an et demi. Je suis la seule femme disponible de l'hôpital... Tu ne penses pas que tout ceci demande réflexion ?

— Non, je crois au destin. Dieu t'a mise sur mon chemin ici et c'est ici que je devais te rencontrer. Je ne veux pas te séduire et coucher avec toi. Je veux t'épouser pour t'aimer toujours...

— Mais, Henri, je ne crois pas en Dieu, je ne crois pas au destin, je ne crois pas au mariage et je ne suis pas sûre de croire en l'amour.

— Comment peux-tu dire cela ? Quel drame

t'a-t-il tellement meurtrie pour qu'une fille belle et jeune comme toi tienne des propos si désabusés ?

— Je ne sais pas si je suis désabusée, mais je suis certaine que, toi, tu es abusé, abusé par de vieux principes que les Jésuites t'ont fourrés dans les méninges quand tu étais leur pensionnaire. Et je pense que tu n'as pas vu que la terre avait, depuis, tourné autour du soleil. »

Elle marqua un temps, considérant Henri, estomaqué par la tirade.

« Je t'aime bien, poursuivit-elle. Je te trouve attendrissant et fragile. Quand tu vas rentrer chez toi, auréolé du prestige de tes aventures africaines, ta maman t'aura trouvé une belle petite bourgeoise, fille d'un ami de ton père au Rotary Club, et tu l'épouseras avec la bénédiction du maire et du curé dans cette belle ville de province où ta famille tient le haut du pavé. Ce n'est pas Béatrice qu'il te faut. Maintenant, si tu as besoin d'un câlin parce que tu es triste – nous le sommes tous pour différentes raisons –, je suis ton homme. Mais je ne serai pas ta femme... »

Henri partit sans répliquer. Toute la nuit, les *Suites pour violoncelle* de Bach retentirent dans Fada.

32

Le ministre

Toute l'équipe avait été invitée à Ouagadougou par le ministre de la Santé pour une réception en l'honneur des « coopérants » de l'hôpital de Fada N'Gourma.

La résidence du ministre était une magnifique maison de style colonial, juchée sur une petite colline, dominant un lac artificiel. La végétation à Ouaga était déjà beaucoup plus luxuriante qu'à l'est du pays et, l'eau et les jardiniers aidant, le jardin de la propriété paraissait magnifique, savamment éclairé dans la nuit qui tombait. Ce luxe contrastait de façon violente avec la pénurie chronique de notre région et avec les difficultés que nous avions tous les jours : économies d'eau, d'électricité, voire pour certains de nourriture.

Béatrice était la lumière de notre groupe, et son élégance avait déjà séduit le ministre et d'autres dignitaires du gouvernement invités pour l'occasion. Elle avait réussi à sortir de son sac à dos une robe de soirée noire, décolletée, tombant impeccablement, dans laquelle elle se mouvait comme une princesse. Henri était magnifique également, cintré dans un vieux smoking, papillonné de noir. Benjamin et moi faisions moins brillants avec nos pantalons clairs et nos chemises ouvertes, les cravates n'appartenant pas à notre panoplie de coureur de brousse... Aucun Africain de l'hôpital n'avait été convié à la soirée et Isabelle avait préféré rester à Fada pour assurer la garde et s'occuper de ses enfants.

La raison précise de cette invitation n'était pas parfaitement claire, car jusqu'alors nous semblions plus tolérés, voire ignorés, par les autorités administratives voltaïques que franchement désirés. Peut-être s'agissait-il d'une reconnaissance *a posteriori* de l'utilité de notre action ? Peut-être s'agissait-il d'une prise de contact professionnelle, souhaitée par le ministre, lui-même médecin formé en France quelques années auparavant ? Ou bien les événements récents et la mort de Daniel, qui commençait à susciter des remous internationaux parce que sa famille avait réclamé une enquête sur les circonstances de sa « maladie », justifiaient-ils ce brusque intérêt pour notre groupe de la part des autorités ?

Une grande table avait été dressée sur la terrasse de la maison et les invités furent placés par des domestiques en habit, Béatrice se retrouvant à la droite du ministre. Pendant ce dîner se succédèrent un nombre incalculable de plats, sans rapport avec le désir normal de rassasier des invités, même exigeants, et sans relation avec l'état économique du pays. A mon étonnement, personne n'évoqua la situation sanitaire de Fada dans la conversation, malgré quelques perches tendues par Benjamin. Manifestement, le sujet n'était pas d'actualité. On parlait plutôt de la mode et des spectacles parisiens, de la politique internationale ou des programmes de télévision qui étaient captés à Ouaga.

« Qu'en pense-t-on dans la métropole ? »

Le ministre s'adressait à Benjamin à propos d'une prise de position récente de la Guinée-Bissau, classique opposante au pouvoir parisien depuis que Sékou Touré avait rompu toute relation avec de Gaulle. Je regardai Benjamin en fronçant discrètement les sourcils... La métropole ? Le piège me semblait un peu gros de la part du ministre d'un pays si jaloux de son indépendance récente et manifestement mal digérée. Benjamin avait saisi la mise en garde que je lui adressais ; il utilisa à merveille sa citoyenneté suisse en répondant :

« Monsieur le ministre, le gouvernement français n'a pas fait connaître sa position de façon officielle sur cette question ou, en tout cas, notre éloignement dans la province ne nous a pas permis de le savoir.

— Mais oui, bien sûr, je vous comprends, reprit le ministre en se tournant vers Béatrice. Cet isolement ne vous pèse-t-il pas trop, mademoiselle ? Vous savez que vous pourriez être la bienvenue ici, à Ouagadougou, et nous serions ravis de vous trouver un rôle à votre mesure dans notre capitale. »

Débordant d'un sourire enjôleur, Béatrice répondit :

« Monsieur le ministre, vous devriez alors me remplacer auprès de mes amis. Ils ont peut-être besoin de moi pour des choses plus importantes que celles que vous envisagez ? »

Tout le monde glissait sur les sous-entendus un peu pesants de la conversation, laissant chacun dans le confort de ses grimaces diplomatiques.

La soirée se poursuivit dans cette superficialité de salon, qui nous semblait devenue si lointaine. Le lendemain, sur le chemin du retour, après une nuit passée dans le confort d'une chambre à air conditionné d'un des meilleurs hôtels de la ville, Béatrice, qui occupait le siège avant de la

Peugeot, se retourna vers les trois garçons qui se tassaient à l'arrière pour leur dire :

« Je partirai dans un mois. Demandez à Genève que quelqu'un me remplace. »

Personne ne répondit, mais cette fois nous savions qu'elle nous quittait réellement...

Epilogue

Mon temps à Fada touchait aussi à sa fin. Je savais qu'Alain Deloche avait (enfin) pu se libérer et qu'il arrivait pour prendre le relais. Lui, en tout cas, ses motivations étaient claires, et son engagement dans cette nouvelle médecine humanitaire devenait le moteur principal de son métier de médecin. Le marabout serait content.

Le départ de Béatrice avait creusé un vide et, quels que fussent les efforts de tous ceux qui restaient, il semblait toujours que quelqu'un manquait sous le baobab. On pouvait continuellement espérer qu'un visage connu allait déboucher du sentier venant de l'hôpital en contrebas. Mais, en dehors de Moussa qui fouettait les herbes avec son bâton à serpents, personne n'apparaissait. Henri s'enfermait dans un mutisme mystique et ne nous rejoignait que rarement. Il s'acquittait de son travail avec acharnement et ne sortait de son bureau que tard dans la nuit.

Un nouveau pharmacien devait arriver dans les prochains jours. En attendant, on faisait de la médecine sans biologie ! Et j'appréciais les numérations sanguines de mes malades en comparant la paume de leur main à la mienne (ce qui supposait que j'aie eu un nombre normal de globules rouges, ce qui n'était pas assuré[1] !).

La saison des pluies était terminée ; elle avait été ridiculement insuffisante et l'on pouvait s'inquiéter de l'avenir proche pour toute la communauté du village et des environs.

J'avais le sentiment que mon départ serait un arrachement, que je ne pourrais plus vivre sans conserver Fada dans mes tripes et que mon plus cher désir allait être de tout faire pour m'y retrouver, dès mon internat terminé à Paris.

Je me trompais...

De son côté, Frères des hommes allait continuer son action pour soutenir des missions dont le but était de changer durablement les conditions de vie des populations les plus pauvres, s'engageant pour l'agriculture paysanne (vivre du travail de la terre), l'économie solidaire (l'économie au

---

1. La coloration de la paume de la main donne une idée extrêmement grossière de la concentration en globules rouges du sang.

service de l'homme, et non le contraire) et la démocratie citoyenne (construire et défendre les droits de tous). Vaste programme humanitaire aux implications politiques évidentes.

En 1980, l'association publiait à Paris sa charte basée sur la non-violence : « La volonté de Frères des hommes de développer des formes d'action non violentes ne peut être un prétexte pour nous désolidariser de nos partenaires dans ces moments critiques. Cependant, si l'utilisation de la violence devient un choix stratégique ou idéologique du ou des partenaires, Frères des hommes cessera progressivement toute coopération avec eux. Toujours dans la perspective de ces objectifs, Frères des hommes favorisera une prise de conscience débouchant sur un changement des modes de vie individuels, des comportements collectifs et des décisions des autorités publiques ou privées. »

Mais le vrai triomphe dans le monde des ONG fut Médecins sans frontières, dont la renommée internationale devint synonyme de médecine humanitaire, à tel point que tous les médecins qui y participèrent furent appelés *French doctors* quelle que fût leur nationalité. Après des débuts où dominaient l'improvisation, la bonne volonté et la débrouillardise, MSF put progressivement s'organiser pour réaliser des actions exceptionnelles dans tous les coins du globe. Les trois lettres

MSF devinrent synonymes de cette épopée, issue des frustrations et des enthousiasmes de Mai 68, qui permirent aux médecins français de voler au secours des misères humaines, armés de leur seul bistouri. Elle fut synonyme de dévouement, d'engagement, d'audace et de générosité. Son action bouscula la diplomatie, secoua les habitudes, ébranla le droit humanitaire classique. Car, pour servir la cause de l'homme souffrant, on ne pouvait tolérer de demi-mesure. Tout cela lui valut en 1999 le prix Nobel de la paix. De ses membres fondateurs, issus eux-mêmes du mouvement de Mai 1968, surgirent par un hoquet de l'histoire trois ministres de la République[1].

Cependant, le droit d'ingérence prôné par Kouchner depuis l'affaire du Biafra devait peu ou prou aboutir à la scission de l'organisation. A l'occasion de l'opération « Un bateau pour le Vietnam » en 1979, Kouchner défendit l'idée d'affréter un navire avec des médecins et des journalistes pour témoigner des violations des droits de l'homme dans ce nouveau pays communiste. Il s'ensuivit une violente querelle où la politique n'était évidemment pas absente. Kouchner, suivi par Deloche, réussit à ramasser

1. Bernard Kouchner, Claude Malhuret, Xavier Emmanuelli.

quelques *boat people* en mer de Chine, le firent surtout savoir et, mis en minorité par le bureau de MSF qui leur reprochait leur attitude trop médiatisée, créèrent une nouvelle ONG en 1980 : Médecins du monde.

Pour ma part, comme je quittais l'hôpital de Fada, je ne pouvais évidemment pas imaginer toutes ces évolutions, mais j'étais convaincu qu'un médecin de ma génération ne pourrait plus se cantonner à son petit cabinet de consultation et qu'il avait un rôle à jouer dans la santé et le dénuement du monde. Dans les années qui suivirent, je me plongeai dans ma spécialité, la chirurgie cardiaque. Ce qui me permit de nombreuses missions aux quatre coins du monde pour assurer ce que l'on peut mieux appeler des coopérations techniques de haut niveau qu'une aide de type humanitaire, qui suppose trop souvent de ne prendre en charge que les besoins vitaux donc basiques... Dans le grand dénuement et la grande détresse, le premier besoin sanitaire n'est pas, à l'évidence, de se lancer dans des opérations de chirurgie du cœur !

Ainsi, je ne reverrais jamais l'hôpital de Fada N'Gourma, le marabout, ni même mes compagnons d'alors qui tous revinrent pourtant, à terme, en Europe.

Ce temps, si fort et si complet dans nos vies,

allait cristalliser, sans que nous cherchions à en ranimer la flamme du souvenir. Il n'y aurait pas d'anciens combattants de la première ambulance de Fada, et, au fond de moi, je ne sais pas vraiment pourquoi...

Table

Avertissement de l'auteur 9

1. Paris. Automne 1968 11
2. « La réponse à ceux qui doutaient de vous » .. 19
3. Départ pour la Haute-Volta 24
4. Découverte de l'hôpital 40
5. Le marabout 47
6. Le baroudeur 52
7. Isabelle et la maternité 56
8. Visite chez les lépreux 62
9. Urgences 68
10. Des nouvelles de Paris 73
11. Tenkodogo, l'anesthésiste 78
12. Vie de tous les jours à Fada : serpents et pili-pili 83
13. Béatrice 90
14. Leçons de chirurgie 95
15. Henri 107

16. L'excision 115
17. Les hommes-léopards 124
18. Mots de tête 127
19. Le marché de Fada 140
20. La pharmacienne (suite) 149
21. Le bengala 156
22. Une fracture ouverte de jambe 160
23. Variole ? 165
24. Retour sur Daniel 172
25. La montagne sacrée 177
26. Attente 181
27. « On va l'avionner ! » 187
28. Silence sur l'hôpital 190
29. Deuil 193
30. Disette et famine 197
31. Demande en mariage 203
32. Le ministre 208

Epilogue 213

La photocomposition de cet ouvrage
a été réalisée par
GRAPHIC HAINAUT
59163 Condé-sur-l'Escaut

CET OUVRAGE
A ÉTÉ ACHEVÉ D'IMPRIMER
SUR ROTO-PAGE
PAR L'IMPRIMERIE FLOCH
À MAYENNE EN DÉCEMBRE 2012

N° d'édition : 14890
Dépôt légal : janvier 2013
N° d'impression : 83753
Imprimé en France